河出文庫

ダーク・ヴァネッサ 上

ケイト・エリザベス・ラッセル
中谷友紀子 訳

河出書房新社

わたしはメイン州で育ち、教育を受けた。通学制私立高校で第九、十学年を過ごしたあと個人的な事情で退学し、のちに大学にも行った。そういった明らかな事実と、本書のフィクショナルな要素のいくつかが類似しているために、わたしの生い立ちを大まかに知る読者のなかには、本書が過去の経験を暴露したものだと早合点する人がいるかもしれない。そうではなく、本書はフィクションであり、登場人物や設定はすべて架空のものである。

ここ数年の報道を追っていれば、誰もが本書の内容を想起させる話を見聞きしたはずだ。わたしは想像力によってそれを物語に組みたてた。さらに、重度のトラウマに関する理論や、二〇〇〇年代初頭のポップカルチャーとポストフェミニズムの影響、『ロリータ』に対する自分の複雑な思いも取り入れた。すべて通常の創作作業の一環である。繰り返しになるが、本書の内容は実際の出来事を語ったものではない。冒頭で触れた明らかな類似を除けば、ここに書いたことはわたし個人の経験でも、担任教師や知り合いの話でもない。

自分の話を聞いてもらえず、信じてもらえず、理解してもらえずにいる、
現実のドロレス・ヘイズとヴァネッサ・ワイたちに捧げる。

ダーク・ヴァネッサ　上

二〇一七年

出勤の準備をはじめたとき、投稿から八時間が過ぎていた。髪を巻きながらわたしはページを更新する。現時点で〝シェア〟が二百二十四件、〝いいね！〟が八百七十五件。黒いウールのスーツを着てからまた更新する。ソファの下をあさって黒のフラットシューズを引っぱりだし、更新。襟に金色の名札をつけ、更新。そのたびに件数は伸び、コメントも増えていく。

あなたはとても強い。
すごい勇気ね。
子供にあんなことをするなんて、とんでもない変態野郎！

四時間前にストレインに送ったメッセージを呼びだす——〝ねえ、大丈夫……？〟。返信はなく、既読にさえなっていない。〝話したければどうぞ〟と新たにメッセージを入力したものの、思いなおして削除し、疑問符だけを並べた一行を送る。数分待って電話してみたが、留守電に切り替わったので、携帯電話をポケットに突っこみ、荒っぽくドアを閉じてアパートメントを出る。躍起（やっき）になる必要なんてない。騒動の種をまいたのは彼なんだから。これは彼の問題で、わたしのじゃない。

ホテルに出勤し、ロビーの隅のコンシェルジュデスクについて、宿泊客に見どころや名物料理を紹介する。いまはオンシーズンも終わりかけ、残り少ない観光客が紅葉を目当てに訪れている。それが過ぎればメイン州は冬に閉ざされる。口もとだけに笑みを貼りつけたわたしは、結婚一周年のお祝いに来た夫婦のためにディナーを予約し、食後の部屋に用意しておくシャンパンの瓶も手配する。そういったとっておきの心遣いを示すとチップも期待できる。それから家族連れを空港へ送るためのハイヤーを呼ぶ。隔週月曜日に泊まるビジネス客が汚れたシャツ三枚を手に現れ、翌朝までにクリーニングできるかと尋ねる。

「おまかせください」

相手はにっと笑い、ウィンクをよこす。「きみは最高だ、ヴァネッサ」

休憩時間、バックヤードの空いた仕切り席にすわり、昨日のイベントで残ったサンドイッチを食べながら、携帯を覗きこむ。フェイスブックの投稿をチェックするのがやめられない。指を動かし、画面に目を走らせ、増えていく〝いいね！〟と〝シェア〟の数や、〝あなたは勇敢な人、真実を語るのをやめないで、わたしは信じる〟といった何十件ものコメントを確認せずにはいられない。それを読むあいだも三点リーダーが表示される。この瞬間にも誰かがコメントを入力中なのだ。やがて、魔法のように新しいコメントが現れる。励ましと支持のメッセージが。それを見てわたしは携帯を机の奥に押しやり、ぱさぱさのサンドイッチの残りをゴミ箱に放りこむ。

ロビーに戻ろうとしたとき、携帯が振動する――〝着信中　ジェイコブ・ストレイン〟。無事に電話してきたことに安堵して、笑いながら応答する。「大丈夫？」

少しのあいだ間があり、わたしは息を詰めて窓の外のモニュメント・スクエアを眺める。ファーマーズ・マーケットが開催され、フードトラックが並んでいる。十月初旬、秋たけなわのポートランドは、なにもかもがL・L・ビーンのカタログから飛びだしてきたかのようだ。丸形やひょうたん形のカボチャ、アップルサイダーの瓶。チェックのフランネルシャツとダックブーツの女性が、抱っこ紐で胸に抱えた赤ん坊に笑いかけながら広場を横切っていく。

「ストレイン？」

重々しいため息が聞こえる。「見ただろう？」

「ええ、見た」

なにも訊かないうちから、ストレインが説明をはじめる。学校側の調査が開始され、最悪の事態になりそうだという。おそらくは辞職を強いられる。学年末はおろか、クリスマス休暇までいられるかもあやしいそうだ。声を聞いているだけで心が乱れ、話についていくのに苦労する。最後に言葉を交わしたのは何カ月もまえ、父を心臓発作で亡くしたショックで、もうやりとりはしないとストレインに告げたときだ。失業や失恋、ノイローゼ。長年のあいだ、なにか起きるたびに、わたしはそうやって唐突にモラルを持ちだしてきたのだった。行いをあらためれば、過去の過ちも帳消しにできるかのように。

「でも、彼女が生徒だったときに、調査はすんでるんでしょ」

「再調査になったんだ。全員があらためて事情を訊かれるらしい」

「当時は問題なしと判断されたのに、なぜいまになって方針が変わるの？」

「ここ最近のニュースを知らないのかい。昔とは時代が違うんだ」

大げさすぎる、やましいことがなければ平気でしょと返したいが、ストレインの言うとおりだ。ここ一カ月、男性からのセクハラや性暴力を告発する女性が相次ぎ、そのムーブメントが勢いを増している。名指しされるのは大半がミュージシャンや政治家、映画スターといった著名人だが、それほど有名でない人たちの名前も挙げられている。どのような立場であれ、告発された者は同じ末路をたどる。まずはすべてを否定する。やがて非難がやみそうにないと悟り、不名誉な形で職を去って、非を認めているとは言いがたいあいまいな謝罪文を発表する。そして最後に——沈黙し、消える。連日のようにあっけなく破滅していく男たちを目の当たりにするのは、信じがたいような思いだった。

「問題ないはず。彼女が書いたことなんてみんな嘘っぱちなんだから」

電話の向こうでストレインが息を吸い、歯のあいだを空気が通る摩擦音が聞こえる。

「嘘と呼べるかどうかはわからない、少なくとも、厳密には」

「でも、ほとんど触ってもいないんでしょ。あの投稿には、あなたに暴行されたって書かれてるけど」

「暴行か」皮肉な笑いが混じる。「なんだって暴行になりうる。手首をつかむのも、肩を小突くのも。意味のない法律用語だ」

わたしは窓の外のファーマーズ・マーケットをまた見やる。のんびりとぶらつく人々、群がるカモメ。屋台の女性が金属の蒸し器をあけ、立ちのぼる湯気のなかからトウモロコシ粉を練ったタマルをふたつ取りだす。「じつは先週、彼女からメッセージが来たの」

一拍の間。「それで?」

「いっしょに声をあげるつもりはないかって。わたしを巻きこめば、訴えの信憑性が高まると思ったのね」

返事はない。

「返信はしてない。もちろん」

「ああ、だと思ったよ」

「鎌をかけてきたんだと思う。そんな度胸があるなんてね」前かがみになり、窓ガラスに額を押しつける。「大丈夫。どっちの味方か、わかってるでしょ」

それを聞いて、彼が息を吐きだす。安堵の笑みを浮かべ、目尻に皺が寄ったのが見えるようだ。「その言葉が聞きたかったんだ」

コンシェルジュデスクに戻り、フェイスブックを開いて、検索バーに〝テイラー・バーチ〟と入力し、プロフィールを画面に表示させる。何年も前からチェックを続けている数少ない公開コンテンツの写真や近況アップデートをスクロールして眺めてから、トップにあるストレインに関する投稿をまた確認する。件数はまだ増えつづけている。〝シェア〟が四百三十八件、〝いいね！〟が千八百件、さらに似たようなコメントが新たに加わっている。

すごく勇気づけられました。
あなたの強さに感服しています。
真実を語りつづけて、テイラー。

＊

出会ったときのわたしは十五歳、ストレインは四十二歳だった。ほぼ完璧な三十歳差。当時は年の差をそう考えていた――完璧だと。わたしの年齢の三倍にあたることも気に入っていた。彼のなかには三人分のわたしがいる、そんなふうに想像せずにはいられなかった。ひとり目は脳に、ふたり目は心臓にまとわりつき、三人目は液体になって血管を流れるところを。

ブロウィック校では教師と生徒の恋愛がたまに噂になるものの、自分には縁がなかったとストレインは言っていた。わたしに会うまでは、そんなことをしたいとも思わなかったという。わたしが彼の頭にそういった考えを植えつけた初めての生徒だった。わたしには危険を冒す価値のあるなにかがあった。引き寄せられずにはいられない魅力が。

ストレインにとってそれは、わたしの若さではなかった。なによりも愛したのはわたしの中身だった。きみは感情知能指数(EQ)が天才級に高く、神童のような文才があり、なんでも話せて信頼できると彼は言っていた。わたしの心の奥には、彼と同じ暗いロマンティシズムがひそんでいるという。わたしが現れるまで、彼のなかにある黒い翳(かげ)の部分を理解した人はいなかった。

「これが運命というやつなんだろうね。ようやく見つけたソウルメートが、十五歳だったとは」

「運命って言うなら」とわたしは言い返した。「十五歳なのに、ソウルメートがおじさんだったらどう?」

それを聞いた彼は、冗談だとたしかめるようにこちらの顔を窺った。もちろん冗談に決まっている。わたしは同年代の男の子たちになんの興味もなかった。フケやにきびにも、女の子を見た目でより分け、胸のサイズを十段階にランクづけするような残酷な振る舞いにもうんざりだった。こっちからお断りだ。ストレインの中年らしい慎重さと、性急でない求愛のほうがわたしには好みだった。彼はわたしの髪色をカエデの葉に喩(たと)え、詩集を贈ってくれた。エミリー、エドナ、シルヴィアの。そして彼の目にわたしがどう映るかを教えてくれた。赤い髪で立ちあがり、空気のように彼を食らう（シルヴィア・プラス「ラザロ夫人」の一節のもじり）力を持った少女なのだと。恋しさのあまり、彼は授業のあとでわたしの席にすわってテーブルに顔を伏せ、残り香を嗅ごうとさえした。キスもしないうちから。彼は慎重だった。いい人間であろうと努力していた。

　はじまりの瞬間がいつだったかは迷わず言える。日の光が降りそそぐ教室に足を踏み入れたわたしに、彼が初めて目を奪われたあのときだ。でも、終わりははっきりしないし、そもそも終わったのかどうかもあやしい。二十二歳のころ、自分を取りもどしたい、きみがそばにいるとまともな人生を歩めないと彼に告げられたときに区切りはついたものの、その後の十年も深夜の電話は続き、そのたびにふたりして過去を振り返り、癒えるのを拒むように傷をつつきあってきた。

　十年か十五年後、身体がいうことを聞かなくなったころ、彼が頼るのはわたしだと思っている。それがこのラブストーリーの結末になりそうだ。わたしはすべてをなげうち、なんでもやり、犬のように身を捧げ、彼はただ奪って、奪って、奪う。

夜の十一時に仕事が終わる。人けのない街なかの通りを歩きながら、テイラーの投稿をチェックするのを我慢できたら勝ちだと自分に言い聞かせ、通りすぎるブロックをひとつずつ数える。アパートメントに戻っても、まだ携帯電話は見ない。スーツをハンガーにかけ、メイクを落として、ベッドでマリファナを吸い、明かりを消す。自制心で。

ところが、暗がりでシーツに脚をこすりつけているうち、心のなかでなにかが切り替わる。とたんに我慢できなくなる。安心させてほしい、テイラーの言うようなことはもちろんやっていないと、はっきり彼の口から聞かせてほしい。彼女は嘘をついているのだともう一度断言してほしい。十年前から変わらず嘘つきで、おまけにいまは被害者意識に酔っているのだと。

待ちかまえていたように、一回目の呼出音の途中でストレインが出る。「ヴァネッサ」

「ごめんなさい。こんな遅くに」そこでためらう。してほしいことをどう伝えれば？最後にあれをしたのはずいぶんまえだ。暗い室内に視線を漂わせる。あけっぱなしのクロゼットの扉の輪郭、天井にのびた街灯の影。キッチンでは冷蔵庫が低くうなり、蛇口から水が滴っている。彼にはそのくらいの貸しはあるはずだ。沈黙と忠誠を守っているのだから。

「すぐにすむから。ほんの数分だけ」

ストレインが毛布を剝いでベッドに起きあがり、反対側の耳に携帯を押しあてる音がする。ノーと言われるだろうか。一瞬そう思ったが、やがて骨をミルクのように溶かす囁き声で彼が語りはじめる。かつてのわたしがどんなだったかを。ヴァネッサ、きみは若くて美しさに満ちていた。十代のきみはエロティックで、生気にあふれていて、それがたまらなく怖かったんだ。

わたしは腹這いになって枕を股にはさみ、せがむ。思い出を聞かせて、昔に戻れるように。彼の静かな声がぽつぽつと情景を語りはじめる。

「教室の奥の、私の教員室でのことだ、冬のさなかの。きみはソファに寝そべって、全身に鳥肌を立てていた」

目を閉じるとわたしは教員室にいる。白い壁、黒光りする床板、未採点のレポートが積まれた机、ちくちくするソファ、シューッと音を立てるラジエーター、海のような緑がかったガラスの八角窓。彼に触れられながらその窓を見ていると、水のなかにいて、木の葉のように波に揉まれているみたいな気がしたものだった。

「私はキスしているところだった、あそこに。きみを沸騰させようと」小さな笑い声。「そう言ってただろ、〝わたしを沸騰させて〟って。おかしな言いまわしばかり思いついたものだったね。ひどく恥ずかしがって、はっきり言おうとしないまま、私がはじめるのを待っていた。覚えてるかい」

本当のところ、あまり覚えていない。あのころの記憶の多くはおぼろげであいまいなものになっている。彼の言葉でその隙間を埋めるしかないが、話のなかの少女が知らない人間のように思えることもある。

「声を殺すのに苦労していたね。いつもぎゅっと口を閉じていた。一度など、嚙みしめた下唇から血がにじんでいるのに、それでもやめようとしなかった」

マットレスに顔を押しつけ、枕に身をこすりつける。彼の言葉が脳を満たし、わたしをベッドから過去へと運び去る。わたしは十五歳、腰から下は裸で、熱を帯びて震える身体を教員室のソファに横たえ、両脚のあいだにひざまずいた彼に見つめられている。

ああ、ヴァネッサ、唇が。血が出てるじゃないか。

わたしは首を振り、クッションに指を食いこませる。いいの、続けて。最後まで。

「きみはとても欲しがり屋だった。きみの引き締まった小さな身体は」

どんなふうに感じたか覚えているかと尋ねられた瞬間、鼻から強く息を吸って絶頂に達する。ええ、ええ、ええ。覚えてる。そのときの感じだけはいまも残っている。彼がわたしにどんなことをしたか、わたしがどんなふうに身もだえし、続きをせがんだかは忘れていない。

父が亡くなってから、ルビーのところへ通いはじめて八カ月になる。グリーフセラピーとしてはじめたものだが、いまでは母のことや元彼のことや、仕事に行き詰まりを感じていることや、そもそもすべてに行き詰まりを感じていることまで話すようになっている。収入に応じた割引料金だとはいえ、話を聞いてもらうだけで週に五十ドルは分不相応の贅沢だ。

クリニックはホテルから二ブロックのところにあり、やわらかい照明の室内には肘掛椅子が二脚とソファ、ティッシュ箱が積まれたサイドテーブルが置かれている。窓からはカスコ湾が見渡せる。釣り桟橋の上空に群がるカモメたち、ゆっくりと進む石油タンカー、ガアガアと賑やかに水へ入り、バスから船へと変身するダックツアーの水陸両用車。ルビーはわたしより年上で、年の差は母娘というより姉妹に近い。髪は茶色がかったブロンド、ファッションは自然派ヒッピー風。室内を歩くとコン、コン、コンと音を立てるウッドヒールのサボサンダルはわたしのお気に入りだ。

「ヴァネッサ!」

ドアをあけてわたしの名前を呼ぶときの声も気に入っている。そこにいるのがほかの誰でもなくわたしなのを見てほっとしたように聞こえる。

今週は、父が亡くなって初めてのクリスマス休暇に帰省するときのことを相談する。母がふさぎこんではいないかと心配で、父のことにどう触れたらいいかわからない。それで、ルビーとふたりで対策を練ることにする。助けが必要か訊いたときに母がどんな反応を見せるか、何通りもシナリオを考える。

「気持ちに寄り添ってあげれば、きっと大丈夫。仲がいいんだから。つらいこともちゃんと話せるはず」とルビーが言う。

母と仲がいい? あえて否定はしないけれど、実際は違う。自分が苦もなく人を欺けることに、われながらときどき感心してしまう。

セッションがすみ、ルビーが次の予約をカレンダーに入力しようと携帯電話を出すのをどうにか待って、わたしもフェイスブックのチェックをはじめる。顔を上げたルビーが、猛然とスクロールするわたしに気づいて大ニュースでもあるのかと訊く。

「あててみましょうか、またセクハラ野郎が告発されたんでしょ」

手足がすっと冷たくなるのを感じながら、画面から目を上げる。

「まったく、次から次へと」ルビーが笑顔を曇らせる。「逃げようったって無駄ね」

それから、話題沸騰中のスキャンダルの話をはじめる。女性に対する暴力を描いた映画でキャリアを築いた監督が、その制作現場で若い女優たちに性器をさらし、フェラチオをさせていたというのだ。

「あいつが加害者だったなんて、誰が想像できた？」ルビーが皮肉っぽく続ける。

「映画のなかに証拠はすべてあったのに。あまりに堂々としてて、かえって見過ごされてきたってことね」

「黙認されてきたから。みんな見て見ぬふりで」

うなずきが返される。「ほんと、そうね」

こんなふうに、じりじりと核心に近づいていくスリルがたまらない。

「何度もあの人と仕事をしてきた女優たちのこともよくわからない。自尊心はどこ？」

とわたしは言う。

「いや、彼女たちは責められないでしょ」ルビーの言葉には反論せず、わたしは黙って小切手を渡す。

帰宅してマリファナをやり、家じゅうの明かりを点けたままソファで眠りこむ。朝の七時、床板の上で携帯がうなりだす。メッセージの着信表示が見え、よろよろと取りに向かう。母だ。〝おはよう。どうしてるかなと思って〟

母はなにか知っているのだろうか、そう考えながら画面を見つめる。テイラーのフェイスブックの投稿から三日もたっているし、母はブロウィック校の関係者とつながっていないとはいえ、記事は大々的に拡散されている。それに最近の母はネット漬けで、四六時中〝いいね！〟をつけたり、シェアしたり、ネトウヨたちとバトルを繰り広げたりしている。テイラーの投稿を目にしていてもおかしくはない。

メッセージを閉じ、フェイスブックを開く。〝シェア〟が一千三百件、〝いいね！〟が七千九百件。ゆうべ、テイラーは新たに全体公開記事を投稿した。

女性を信じよ。

二〇〇〇年

ノルンベガへ向かう片側一車線の幹線道路に入りながら、母が言った。「今年こそは外に出るようにしてね」

高校二年目の新学期、入寮日のその日は、母にとってわたしと約束を取りつける最後のチャンスだった。ブロウィック校に呑みこまれてしまえば、わたしと話ができるのは電話と休暇のあいだだけになる。一年前、母は全寮制の寄宿学校に入ることでわたしが自堕落になるのを心配し、お酒とセックスは我慢すると約束させた。今年は新しい友達を作ると約束させたがっている。そっちのほうがはるかに屈辱的で、残酷ですらある。ジェニーとの絶交から五カ月、傷はまだ癒えていない。〝新しい友達〟というフレーズだけで胃がきゅっとなり、そんなことを考えるのが裏切りに思えた。

「昼も夜も部屋に引きこもっているなんてだめ。そんなにつらいの?」

「家にいたら、部屋から一歩も出ないくらい」

「でも、もう家にはいないでしょ。そもそも、友達作りのためだったんじゃないの? この学校に入りたいってせがんだとき、〝人脈〟がどうとか言ってなかった?」

わたしは助手席のシートに背中を押しつけた。そこにすっぽりうずまり、わたしの言葉を盾に母がうるさく言うのを聞かずにすませたかった。一年半前、八年生のクラスにやってきたブロウィック校の入試担当者から、まばゆい日差しが降りそそぐぴかぴかのキャンパスが映った生徒募集用ビデオを見せられたとき、わたしはすぐさま両親に受験を認めてもらうための準備にかかり、〝ブロウィック校が公立校より優れている理由〟と題した二十カ条からなるリストを作成した。そのひとつがブロウィック校で得られる〝人脈〟だった。ほかにも、卒業生の大学進学率とか特進コースの数といった、パンフレットから拾った情報をずらりと並べた。結果的に、両親にうんと言わせるのに必要だったのは二点だけだった。学費免除を受けられるのでお金の心配はいらないこと、そしてコロンバイン高校の銃乱射事件が起きたことだ。生徒たちが逃げまどう映像がCNNで繰り返し流れ、わたしたちも連日ニュースに釘づけだった。「コロンバイン高校みたいなことはブロウィック校では起きないから」とわたしが訴えると、両親は目と目を見交わした。すでに同じことが頭にあったらしい。「夏じゅうふてくされてたじゃない」と母が言った。「そろそろ切り替えて、前へ進まなきゃ」

「ふてくされてなんかない」ぼそっとそう答えたものの、母の言うとおりだった。テレビの前でぼんやりしているか、でなければヘッドフォンを着けてハンモックに寝そべり、泣ける歌を聴いているかのどちらかだった。いつまでもくよくよするのはいい生き方じゃないと母は言った。いつだってつらいことはあるんだから、幸せになる秘訣はマイナス思考に引きずられないことよと。悲しみにひたるのがどんなに快感か、母はわかっていない。フィオナ・アップルを聴きながら何時間もハンモックに揺られているのは、幸せでいるより快適なのだ。

助手席でわたしは目を閉じた。「父さんに送ってもらえばよかった、そしたらこんなこと言われずにすんだのに」

「お父さんも同じことを言ったはずよ」

「うん、でももっとやさしく言ってくれたはず」

目を閉じていても、車窓を流れる景色は残らず思い浮かべることができる。ブロウイック校生活二年目にして、すでに十回以上はこの道を走っている。メイン州西部のなだらかな丘陵と酪農場、冷えたビールと生き餌の看板を掲げた商店、屋根がたわんだ田舎家、緑の草やセイタカアワダチソウが腰の高さまで茂った庭と、そこに並ぶ錆びた廃車。ノルンベガに入ったとたん、風景は美しくなる。絵に描いたような町の中心部にはパン屋に本屋、イタリア料理店、麻薬用品販売店（ヘッドショップ）、公共図書館が建ち並び、丘の上にはブロウィック校の白い下見板張りの校舎が燦然と輝いている。

母が正門に車を乗り入れた。入寮日なので〝ブロウィック校〟の銘板には臙脂と白の風船が飾られ、キャンパス内の狭い通路は車で埋まっている。荷物をぎっしり積んだSUVが雑にとめられ、新入生や保護者たちがあたりをうろつきながら校舎を見上げている。母がハンドルに覆いかぶさるように身を乗りだし、徐行と停止を繰り返すうち、ふたりのあいだの空気が張りつめはじめた。

「あなたは頭のいい、面白い子よ。友達なんて大勢できるはずなのに。ひとりくらい失っただけで、自分の時間を台無しにしちゃだめ」

悪気はないのかもしれないが、言い返さずにはいられなかった。「ジェニーはただの友達じゃない。ルームメートだったんだから！」特別な関係なのは当然でしょ、ほかのことが目に入らなくなるくらい、相部屋の外の世界が色褪せて見えるくらい親密な間柄なんだから。そんな気持ちをその言葉にこめたものの、母には通じなかった。

大学にも、もちろん寄宿学校にも行っていないから、寮生活の経験がないのだ。「ルームメートがいたって、ほかにも友達は作れたはずでしょ。ひとりの相手にこだわるのはあまり健全じゃないって言ってるの」

芝生の庭に近づくと、前方で車の列がふたつに分かれているのが見えた。母は左折のウィンカーを出し、それから右に切り替えた。「どっち？」

わたしはため息をついて左を指差した。

グールド寮は民家と変わらないほど小ぢんまりした建物で、八つの居室と、寮監の教師用の居住スペースがあるだけだった。学年末にあった部屋決めのくじ引きで若い番号を引いたので、十年生にしてはめずらしく個室に入ることができた。母とふたりで四往復して、ようやくすべての荷物を部屋に運びこんだ。衣類のスーツケースがふたつ、本の箱がひとつ、予備の枕やシーツ、わたしの古着で母がこしらえたキルト、部屋の中央には首振り扇風機。

荷解き（にほど）をしていると、開いたドアの外を人が通りすぎた。保護者たちに生徒たち。廊下を走りまわっていた誰かの弟が転んで泣きだした。そのうちトイレに立った母が取りすました声でこんにちはというのが聞こえ、相手の返事が続いた。棚に本を並べていたわたしは手を止めて耳を澄ました。眉根を寄せ、声の主を思いだそうとする

――ミセス・マーフィー、ジェニーのお母さんだ。

部屋に戻ってきた母が「ちょっと騒がしくなってきたから」とドアを閉じた。

本を棚に押しこみながら、わたしは訊いた。「さっきの、ジェニーのお母さん？」

「ええ、まあ」

「ジェニーはいた？」

母はうなずいただけでなにも言わなかった。しばらくのあいだふたりで黙って荷解きを続けた。ベッドメイキングにかかり、ストライプ柄のマットレスにボックスシーツをかけながら、わたしは言った。「正直、気の毒なのはジェニーのほうだと思う」

格好をつけてそう言ったものの、もちろん嘘だ。つい昨日の夜も、ジェニーの目に自分がどう映るだろうかと、寝室の鏡を一時間も覗きこんでいたのだから。ミストブリーチで明るくした髪に気づいてもらえるだろうか、新しいフープピアスは？

母はなにも答えずにビニールのトートバッグからキルトを取りだした。わたしが未練たらたらで、また傷つくのではと心配しているのだ。

「仲直りしようって言われても、時間の無駄だし断る」

母はうっすらと笑い、ベッドのキルトを平らにした。「ジェニーはまだあの子と付きあってるの？」ジェニーの恋人で、絶交のきっかけを作ったトム・ハドソンのことだ。さあねと肩をすくめたものの、知っている。もちろん知っている。夏じゅうずっと、ジェニーのAOLのプロフィールをチェックするたび、交際ステータスは〝相手がいる〟のままだった。まだ付きあっているのだ。

母は帰るまえに二十ドル札を四枚くれ、毎週日曜日には家に電話すると約束させた。「忘れないでね。それと、お父さんの誕生日には帰ってくること」そう言って、骨が痛むほどきつくわたしを抱きしめた。

「息ができないってば」

「ごめん、ごめん」母は潤んだ目を隠そうとサングラスをかけ、部屋を出ていこうとしてこちらに指を突きつけた。「自分を大事にしてね。人付き合いも」

わたしは手を振って応えた。「わかった、わかった」ドアのところに立って、廊下を歩きだした母が階段を下りて見えなくなるまで見送った。やがて、賑やかに響く母娘の声が近づいてきた。ジェニーとお母さんだ。姿が見えたとたん、わたしは部屋に逃げこんだ。ちらりとしか見えなかったが、ジェニーが髪を切り、去年はクロゼットにしまいっぱなしだったワンピースを着ているのがわかった。

ベッドに寝転がってぼんやり部屋を眺めながら、しばらく廊下のざわめきを聞いていた。別れの挨拶、洟（はな）をすする音、くぐもった泣き声。ふと、一年前に九年生の寮に入り、初めてジェニーと夜更かしした日のことを思いだした。ジェニーのCDプレーヤーからザ・スミスやビキニ・キルが流れていて、どちらも聴いたことのないバンドだったのに、わたしは知ったかぶりをした。ダサい田舎者だとばれるのが怖かったからだ。そうなったら、きっと仲良くしてもらえない。ブロウィック校で数日を過ごしたところ、わたしは日記にこう書いた。〝ここに来てなによりよかったのは、ジェニーみたいな子たちと知りあえることだ。彼女、めちゃめちゃイケてて、そばにいるだけで自分も同じになれそう！〟。そのページは破りとって捨てた。目に入っただけで、屈辱で頬が熱くなるから。

グールド寮の寮監のトンプスン先生は、大学を出たての新任のスペイン語教師だった。談話室で開かれた初めての夜のミーティングでは色とりどりのマーカーペンと紙皿が用意されていて、各自のドアに張る名札をこしらえた。寮生は上級生ばかりで、十年生はジェニーとわたしだけだった。わたしたちはできるだけ離れてテーブルの両端の席についた。ジェニーは茶色のボブヘアが頬に垂れかかるほど深くうつむいて名札をこしらえていた。ひと息入れてペンを替えに近づいてきたときも、わたしなどいないかのように視線を素通りさせた。

「部屋に戻るまえに、これをひとつずつ取ってください」トンプスン先生が言って、ビニール袋をあけた。最初はキャンディかと思ったけれど、中身は銀色のホイッスルだった。

「使うことはまずないでしょうけど、念のために持っておいたほうがいいですからね」

「なんでホイッスルなんて必要なんですか」ジェニーが訊いた。

「それは、ほら、校内の安全対策よ」トンプスン先生が大げさににっこりしたので、気まずいのだとわかった。

「でも、去年はもらわなかったのに」

「レイプされそうになったときのためでしょ」ディアナ・パーキンズが言った。「それを吹いて、相手にやめさせるの」そしてホイッスルを口にくわえ、勢いよく吹いた。小気味いいほど大きな音が廊下に響きわたり、誰もが真似してみずにはいられなかった。

トンプスン先生が騒音に負けじと声を張りあげた。「はい、そこまで」そして笑って続けた。「ちゃんと鳴るのがわかってよかった」

「こんなもので、レイプしようとする相手をほんとに止められるんですか」ジェニーが尋ねた。

「レイプ魔を止めるなんて無理」ルーシー・サマーズが言った。

「そんなことありませんよ」トンプスン先生が答えた。「それに、これは〝レイプ〟防止用のホイッスルじゃないの。幅広く使える防犯グッズよ。校内で不安を感じたら、いつでも吹いていいの」

「男子もホイッスルをもらうんですか」わたしは訊いた。

ルーシーとディアナがあきれたように目を剝いた。「なんで男子にホイッスルが必要なわけ」ディアナが言った。「考えてものを言えば」

それを聞いてジェニーが大笑いした。自分はルーシーとディアナにあきれ顔をされてはいないかのように。


授業開始日、キャンパスは人であふれ、下見板張りの校舎は窓があけ放たれて、職員駐車場は満車だった。朝食のとき、シェーカースタイルの長テーブルの端の席についたわたしは、胃が締めつけられてなにも食べられなかった。ストレートティーを飲みながら、カテドラル型天井の食堂内に目を走らせ、新顔はいないか、見慣れた顔になにか変化はないかとたしかめた。誰のことでも、どんなことでも、わたしは気づかずにはいられない。マーゴ・アサートンが瞼の垂れた右目を隠すために髪を左分けにしていることも、ジェレミー・ライスが毎朝かならず食堂のバナナをくすねることも。トム・ハドソンがジェニーと付きあいはじめるまえ、目を留める理由などないうちから、彼がボタンダウンシャツの下に着るバンドTシャツのローテーションを完璧に覚えていた。わたしのことなど誰も気にしていないのに、わたしは人のことにあれこれ気づいてしまう。それが自分でも不愉快で、なのにどうしようもなかった。

朝食のあと、一時限がはじまるまえに集会があった。ぞろぞろと講堂に入ると、内部は温かみのある板張りで、赤いビロードのカーテンの隙間から差しこんだ日の光が、弧の形に並んだ椅子の列を照らしていた。白髪交じりのボブヘアを耳の後ろにかけたジャイルズ校長が、震えがちな声を張りあげて校則や教育方針について話し、その数分のあいだは誰もが溌溂（はつらつ）とした顔で聞いていた。けれども、校長が演台を離れるころには講堂内の蒸し暑さが増し、誰の額にも汗の粒が浮かびはじめた。二列後ろで誰かが文句を言った。「いつまで続くんだ?」アントノヴァ先生が振り返ってにらんだ。わたしの隣の席のアナ・シャピロが両手で顔をあおいだ。開いた窓からかすかな風が吹きこみ、閉じたカーテンの裾を揺らした。

そのとき、英語科主任のストレイン先生が壇の中央に進みでた。顔は知っているけれど、授業を受けたことも、話をしたこともない先生だ。癖の強い黒髪、黒い顎ひげ、レンズの反射のせいで眼鏡の奥は見えないが、なによりもわたしの目を——たぶん誰の目も——引いたのは体格だった。太っちょではないけれど大柄で肩幅が広く、ひどく長身なせいか、自分のかさ高さに恐縮しているみたいに背を丸めていた。

演台に立ったストレイン先生はマイクの角度を限界まで上に向けた。眼鏡を日の光できらめかせながら先生が話をはじめると、わたしはバックパックを探って時間割をたしかめた。あった、今日の最終時限だ——アメリカ文学上級クラス、担当教師ストレイン。

「今朝ここにいるきみたちは、若さと大いなる可能性に満ちている」スピーカーから声が轟いた。あまりに明瞭な発音のせいで、耳障りなほどだった。長く伸ばされた母音、硬い子音。うとうとしたかと思うとはっと目を覚ますようなリズムだ。「遠くの星を目指そう、届かなくても、月には着けるかもしれない」内容はありきたりなのに、話し方が上手なせいでなんとなく深みのある言葉に聞こえた。

「これから一年、最高の自分を目指す努力を怠らないように。きみたちの力でブロウイック校をよりよい場所にしてほしい。足跡を残すんだ」ストレイン先生が後ろポケットから赤いバンダナを引っぱりだして額を拭ったとき、腋に黒っぽい汗じみが見えた。

「私はブロウィック校の教師を務めて十三年になる。その十三年間に、本校の生徒たちの勇気ある行いを数えきれないほど目にしてきた」

気づけば自分の膝の裏と肘の内側も汗ばんでいて、わたしは椅子の上で身じろぎしながら、勇気ある行いとはどういうものだろうと考えた。

秋学期の受講科目はフランス語上級クラス、生物上級クラス、世界史特進クラス、幾何学クラス（数学が苦手な生徒向きのクラスで、アントノヴァ先生も〝落ちこぼれの幾何学クラス〟と呼んでいた）、選択科目のアメリカ政治とメディア論クラス（CNNを見て、じきにはじまる大統領選挙について議論する）、そしてアメリカ文学上級クラスだった。初日は、重たい教科書を抱えて教室から教室へと右往左往する羽目になった。学年が上がって勉強量が増えたことをひしひしと実感した。どの先生からも、今後は加速度的に宿題や試験が大変になると脅された。ここは並みの学校ではなく、わたしたちも並みの生徒ではないのだから、選ばれし者として困難を受け入れ、立ちむかわなければならないのだそうだ。そうこうするうち、くたびれてきた。一日が半分終わるころには頭もまともに上げていられなくなったので、昼食は飛ばしてグールド寮にこっそり戻り、ベッドに丸くなって泣いた。そこまでして、なんで頑張らないといけないの？　そんな態度を、それも初日からとるなんてどうかしている。そう思うとあれこれ考えずにはいられなかった。そもそもなぜブロウィック校なんかに来たんだろう？　なぜ学費を免除されたりしたのか、なぜわたしがここにふさわしいほど優秀だと見なされたりしたのか。そんな負のスパイラルに陥るのは何度目かで、行きつく答えはいつも同じだった。わたしにはなにか欠陥が、生まれつきの弱点があって、それが怠け癖や努力嫌いとして表れているのだ。おまけに、こんなふうに四苦八苦している生徒はわたしひとりのようだった。みんな自信に満ち、余裕をもって教室を移動していた。いともやすやすと。

最終時限のアメリカ文学の教室に入り、まっさきに気づいたのは、ストレイン先生が集会のあとシャツを着替えたことだった。教室の前に立って黒板にもたれ、腕組みをしたその身体は、講堂の壇上にいたときよりいっそう大きく見えた。生徒は十名、ジェニーとトムもいて、めいめいが教室に入ってくるたびに先生は値踏みするようにその動きを目で追った。ジェニーが入ってきたとき、わたしはすでに大きなミーティングテーブルについていて、ふたつ離れた席にトムがいた。トムはジェニーを見て顔を輝かせ、自分とわたしのあいだの空いた席を手で示した。それが大問題だとわからないほど鈍いのだ。ジェニーはバックパックの肩紐をつかんだまま、冷ややかな笑みを浮かべた。

そして「こっちにすわらない?」と言った。テーブルの反対側、つまりわたしから遠い方ということだ。「そのほうがいい」

ジェニーの目が、寮のミーティングのときと同じようにわたしを素通りした。なんだかばかばかしく思えた。そこまでして、友情などなかったかのように振る舞うなんて。

始業のベルが鳴っても、ストレイン先生は動こうとしなかった。教室が静かになるのを待って初めて口を開いた。「きみたちは知った顔同士だろうが、私はそうでもなさそうだ」

そしてテーブルの正面の席にすわり、生徒たちをランダムに指して名前と出身を訊いた。ときどき別の質問も加わった。兄弟姉妹はいるか、これまで行ったいちばん遠い場所はどこか、自分で選べるとしたらどんな名前をつけるか。初恋の年を訊かれたジェニーは頬を染めた。隣のトムも真っ赤になった。

自分の番がまわってきたとき、わたしはこう自己紹介した。「ヴァネッサ・ワイです、出身はどこでもありません」ストレイン先生が椅子の背にもたれた。「ヴァネッサ・ワイ、出身はどこでもない、か」

オウム返しされた自分の言葉がひどく間抜けに聞こえ、気まずさに笑ってしまった。「その、町とも呼べないようなところなんです。名前もついてなくて。〝二十九番郡区〟としか」

「メイン州のかい？　東部の幹線道路沿いの？　あそこならよく知ってるよ。近くにすてきな名前の湖があるね、ホエールなんとかっていう」

わたしは驚いて目をぱちくりさせた。「ホエールズ・バック湖。うちはその湖岸です。定住しているのはうちの家族だけなんです」そう話しながら、奇妙な胸の痛みを覚えた。ブロウィック校に来てからホームシックを覚えることはなかったけれど、それは誰にも故郷の話をしなかったせいかもしれない。

「驚いたな」ストレイン先生は少し考えて続けた。「あそこに住んでいて寂しくはないかい」

一瞬、言葉に詰まった。その問いに心がすっと切れた。痛みもなく、驚くほど鮮やかに。森の奥での生活を〝寂しい〟と表現したことはなかったものの、ストレイン先生にそう言われると、そのとおりだ、ずっとそうだったにちがいないと思えて、急に恥ずかしさを覚えた。まさか、顔じゅうに寂しさがべたべた貼りついているんだろうか、先生がひと目で見抜けるくらい、寂しい人間なのが丸わかりなんだろうか。やっとのことで「まあ、ときどきは」と返事をしたものの、先生はすでにわたしから注意を移し、平地のシカゴからメイン州西部の丘陵地帯に引っ越してきた感想をグレッグ・エイカーズに尋ねていた。

全員の自己紹介がすむと、ストレイン先生は、今年度の授業のなかでこのクラスに最も苦労するはずだと告げた。「教え子のほとんどは、ブロウィック校でいちばん厳しい教師は私だと言うだろうね。大学の教授より厳しいと言う卒業生もいるほどだ」そう言って指先でテーブルをこつこつと叩き、これは大事(おおごと)だと生徒たちが悟るのを待った。それから黒板の前へ行ってチョークで板書をはじめ、振り返って言った。「ほら、ノートはどうした」

あわててノートを開くわたしたちを前に、先生はヘンリー・ワズワース・ロングフェローの詩「ハイアワサの歌」の解説をはじめた。聞いたこともなかったのはわたしだけではないはずだが、知っているかと先生に訊かれると、全員がうなずいた。誰も間抜けに見られたくはない。

授業を聞きながら、わたしはこっそり教室を見まわした。人文学科棟にあるほかの教室と造りは同じだ。板張りの床、本棚が造りつけられた壁、緑色の黒板、ミーティングテーブル。でも、ここには息遣いや温もりが感じられる。中央に足跡の筋がついたラグ、緑色のシェードのバンカーズランプに照らされたオーク材の大きな机、ファイルキャビネットの上にはコーヒーメーカーとハーヴァード大学の紋章入りのマグカップ。刈りたての芝のにおいと車のエンジン音が開いた窓から流れこんでいる。ストレイン先生はチョークが砕けるほどの力をこめてロングフェローの詩の一節を板書しはじめた。途中でふと手を止めてこちらを振り返ると言った。「このクラスでなにかひとつ学ぶとするなら、この世は互いに交差する無数の物語で成り立っていて、そのすべてが真実で意味のあるものだということだ」わたしはひとことも漏らすまいと、必死にその言葉をノートに書きとった。

終了時間まで残り五分のところで、解説がいきなり止まった。ストレイン先生は両手をだらんと垂らし、肩を落とした。黒板を離れてテーブルの席にすわりこむと、顔をこすり、ため息を漏らした。それから疲れた声で言った。「初日はいつも長いな」テーブルを囲んだわたしたちはとまどい、ノートを取っていたペンを宙に浮かせたまま待った。

先生は顔をこすっていた手を下ろした。「みんなには正直に言おう。もうへとへとだ、くそったれ」

テーブルの向かいでジェニーが驚いたように笑った。授業中にふざけたことを言う先生はときどきいるけれど、〝くそったれ〟は初めて聞いた。教師はそんなことを言わないものだと思っていた。

「悪態をついてもかまわないだろうか。いや、先に許可を取るべきだったな」先生はわざとらしいほど真面目な調子で両手を組んだ。「私の下品な物言いに重大な異議がある者はいますぐ申しでよ、さもなくば永遠に沈黙せよ」

もちろん、誰もなにも言わなかった。

＊

新学期の最初の数週間は足早に過ぎた。いくつもの授業にストレートティーの朝食、ピーナッツバターサンドの昼食、図書館での自習、グールド寮の談話室で見るＷＢ局のドラマ。その繰り返しだった。わたしは寮のミーティングをさぼって罰を受けることになったが、トンプスン先生に頼みこんで飼い犬の散歩で許してもらった。寮の自習室で一時間も向きあってすわっているなんて、お互いに苦痛でしかない。ほぼ毎朝、わたしは授業の直前までかかってどうにか宿題を仕上げた。どんなに頑張ってもつねに余裕がなく、落ちこぼれる寸前だった。先生たちには、もっとやれるはずだとしきりに言われた。頭はいいのに、集中力とやる気が足りないのだと。怠惰という言葉をいくらか婉曲にしただけだ。

入寮してほんの数日で、わたしの部屋は散らかり放題になった。脱ぎ捨てた服に、ばらばらの紙、飲みかけの紅茶のカップがいくつも。スケジュールを管理するためのシステム手帳もなくしてしまったが、なんでもかんでもなくすので、やっぱりねと思っただけだった。週に一度は部屋の外のドアノブに鍵がぶらさがっていた。バスルームか教室か食堂で誰かが拾って届けてくれたのだ。本当に、なにひとつきちんとしまっておけなかった。教科書がベッドと壁の隙間から見つかったり、宿題はバックパックの底に突っこまれていたり。先生たちはくしゃくしゃの提出物に毎回目を剝き、その分は減点しますよと警告した。

「整理整頓を身につけなさい!」前日に書いたメモを見つけようと必死に教科書をめくっていると、世界史特進クラスの先生に叱りつけられた。「まだ二週目だぞ。いまからそんな調子でどうする」最終的にメモは見つかったものの、先生の評価は変わらなかった。わたしのだらしなさは弱さの表れで、深刻な欠点なのだ。

ブロウィック校では、指導教員と受け持ちの生徒たちが月に一度夕食をともにする。教師の自宅を訪ねるのが伝統だが、わたしの担当のアントノヴァ先生は生徒を家に招かなかった。「線引きは必要ですからね。意見の違う先生方もいますが、それはかまいません。生徒たちと四六時中いっしょにいるのもいいでしょう。でも、わたしは違う。どこかへ食事に行き、少し話して、解散とします。線引きを大事にね」

学年最初のミーティングが開かれたのは、町なかのイタリア料理店だった。リングイーネをフォークで巻きとるのに気を取られていると、各教師の評価によれば、わたしの最優先課題はだらしなさの克服だとアントノヴァ先生に告げられた。露骨にいやな顔をしないようにつとめながら、気をつけますとわたしは答えた。続いて、テーブルの並び順に生徒全員に問題点が告げられた。ほかには誰もだらしなさを指摘されなかったが、それでもわたしの評価が最低というわけではなかった。カイル・グインはふたつのクラスで宿題を提出していなかった。重大な問題だ。アントノヴァ先生がカイルの評価を告げるあいだ、残りのわたしたちはパスタの皿に目を落としたまま、自分はまだましだと胸を撫でおろしていた。食事がすんで皿が下げられると、先生はチエリーの砂糖漬けが入った手作りのドーナツの容器を一同にまわした。

「パンプーシュカといって、ウクライナの食べ物なの。母の故郷の」

レストランを出て丘の上のキャンパスへ戻るとき、アントノヴァ先生がわたしの隣に並んだ。「そうそう、ヴァネッサ、今年は部活動に参加しなさい。できれば複数の。大学の入試対策にね。いまのままでは心もとないから」あれこれ助言がはじまり、わたしはうなずきながら聞いていた。もっと積極的になるべきなのはわかっていて、努力もしてみた。まえの週にはフランス語部に顔を出してみたものの、部員は会合のたびに小さな黒いベレー帽をかぶると知ってあっさりやめた。

「文芸部はどう？　あなたは詩を書くでしょ」

文芸部のことも頭にはあった。そこでは部誌を発行していて、去年はそれを隅から隅まで読み、自分の詩と掲載作のどちらが上手いかを客観的に見きわめようとした。

「ですね、いいかも」

先生がわたしの肩に手を置いた。「考えてみて。今年の顧問はストレイン先生で、指導も上手だから」

そして振り返って手を叩き、だらだらと遅れて歩く生徒にロシア語で注意した。なぜだか英語よりも、生徒を急がせるには効果的だった。

文芸部の部員はほかにひとりきりだった。ジェス・リーという十一年生で、ブロウィック校にはめずらしくゴスっぽい服装をしていて、ゲイだと噂されていた。わたしが教室に入っていったとき、ジェスはミーティングテーブルに置かれた書類の山の前にすわり、コンバットブーツを椅子にのせて、耳の後ろにペンをはさんでいた。ちらっとこちらを見ただけで、なにも言わない。わたしの名前さえ知らないかもしれない。でも、机の奥にすわっていたストレイン先生のほうはぱっと立ちあがり、つかつかと近づいてきた。「入部希望かい」

わたしは口を開いたものの、答えに迷った。部員がひとりだけだと知っていたら来なかったのに。その場で帰りたくなったが、ストレイン先生に喜々として手を握られ、「おかげで部員が百パーセント増しだ」と言われたので、いまさら逃げられなかった。

先生はわたしをテーブルの席に案内して自分も隣にすわり、書類の山は部誌への応募作だと説明した。「選考も生徒がやるんだ。なるべく応募者の名前は見ないように。ひとつずつ丁寧に、最後まで目を通して決めてほしい」それから用紙の余白にコメントを残し、各応募作を五段階で評価するようにと続けた。一は問題外、五は文句なしだ。

ジェスが目も上げずに言った。「ぼくはチェックマークで分けてます。去年もそうだったので」そしてすでに目を通した応募作を手で示した。右上の隅に、それぞれチェック、チェック・マイナス、チェック・プラスのしるしが記入されている。先生は眉をひそめたが、ジェスは気づく様子もなく、読んでいる詩から目を離さなかった。先生は「どんな方法でもいい、ふたりで決めてくれ」先生はそう言ってわたしに笑いかけ、ウィンクした。そして腰を上げながら肩をぽんと叩いた。

先生が机に戻ると、わたしは応募作の山からひとつを手に取った。「彼女の人生最悪の日」と題した短篇だ。応募者はゾーイ・グリーン。ゾーイとは去年代数のクラスでいっしょだった。席がわたしの後ろで、セス・マクロイドがわたしを赤毛のデブと呼ぶたびに、そんなにおかしな言葉は初めて聞いたというようにげらげら笑った。わたしは首を振って頭から先入観を締めだそうとした。だから先生は名前を見ないようにと言ったのだ。

作品は病院の待合室にいる少女が祖母を亡くす話で、第一段落を読んだだけで退屈だとわかった。何枚あるのかとページをめくっているわたしに気づいて、ジェスが小声で言った。「つまらなければ、最後まで読まなくたっていい。去年も部誌の編集はやったけど、顧問のブルーム先生はなにも言わなかった」

自分の席にいるストレイン先生にさっと目をやると、背中を丸めて書類の山に目を通しているところだった。わたしは肩をすくめた。「とりあえず読んでみる。大丈夫」

ジェスがわたしの手にしたページを読もうと眉根を寄せた。「ゾーイ・グリーン？去年のディベート大会で大泣きした子だっけ」そう、ゾーイは死刑肯定側に割りあてられ、決勝の対戦相手のジャクソン・ケリーに主張が人種差別的で非人道的だと指摘されて、わっと泣きだした。ジャクソンが黒人でなければ、ケリーもそこまで動揺はしなかっただろう。ジャクソンの優勝が宣言されると、ゾーイは相手の反論が個人攻撃にあたり、ディベートの規則に違反していると訴え、結局はふたりが優勝を分けあう形になった。とんだ言いがかりで、誰もがそう気づいていた。

ジェスが身を乗りだしてゾーイの作品をわたしの手から取り、右上にチェック・マイナスのしるしを書きこんで、〝不採用〟の山にぽんとのせた。「一丁あがり」

それから一時間、ジェスとわたしが作品に目を通すあいだ、ストレイン先生は机で採点をしながら、ときどきコピーを取ったり、コーヒーメーカーに水を足しに行ったりした。途中でオレンジの皮を剝いたときには、いい香りが教室を満たした。活動時間が終わってわたしが椅子から立つと、先生が次の会合にも来るかと訊いた。

「まだわかりません。ほかの部も試してみようかと思って」

先生は笑みを浮かべ、ジェスが教室を出ていくのを待ってから言った。「友達作り

「いえ、それはいいんです。もともと、超社交的っていうわけじゃないし」

「なぜだい」

「さあ。なぜか大勢友達ができるほうじゃなくて」

深いうなずきが返ってくる。「わかるよ。私もひとりが好きなほうでね」

とっさに、違います、わたしはひとりが好きなわけじゃないんですと答えそうになったが、たしかに言われたとおりかもしれない。わたしはひとりを好み、孤独を選んでいるのかもしれない。

「でも、まえはジェニー・マーフィーが親友だったんです。アメリカ文学のクラスでいっしょの」言葉が口をついて出て、わたしははっとした。教師に、それも男の人に、そんなことまで話したことはなかった。でも、頬杖をついた先生に、にこやかなやさしい目で見られていると、打ち明けたい、自分を知ってほしいと思った。

「ああ、あのかわいらしいナイルの女王か」わたしがとまどって眉をひそめると、ボブカットがクレオパトラみたいだからだと先生は説明した。それを聞いたとき、身体の奥でなにかが疼いた。嫉妬のような、いや、もっと意地の悪いものが。

「あの子の髪はそんなにきれいじゃないと思いますけど」

ストレイン先生がにやりとした。「そうか、友情は終わったんだね。なにが原因で?」

「ジェニーがトム・ハドソンと付きあいだしたから」

しばらく間があった。「もみあげの彼か」

わたしはうなずき、教師はそんなふうに生徒を見分け、頭のなかで分類するのかと考えた。誰かがヴァネッサ・ワイの名前を出したら、先生はどんなふうにわたしを思いだすんだろう。赤毛の女の子。いつもひとりぼっちの女の子。

「つまり、裏切られたというわけだね」ジェニーに、という意味だ。

そんなふうには考えていなかったが、とたんに胸が熱いもので満たされるのを感じた。わたしは裏切られたのだ。わたしの思いが重たすぎ、依存しすぎたせいで、ジェニーに逃げられたわけじゃない。そう、わたしは被害者だ。

先生が立ちあがって黒板の前へ行き、授業の板書を消しはじめた。「入部の理由は?履歴書の中身がお粗末なせいかな」

わたしはうなずいた。先生には正直になれる気がした。「アントノヴァ先生に勧められて。でも、書くのは好きです」

「どんなものを書くんだい」

「たいていは、詩を。上手いわけじゃないですけど」

振りむいたストレイン先生は、微笑ましいものを見るようなやさしい表情を浮かべた。「きみの作品を読ませてほしいな」

わたしの頭は〝作品〟という響きに反応した。わたしの書くものに、まともに読む価値があると言われた気がした。「いいですけど。本当に読みたいなら」

「読みたいとも。でなきゃ、頼んだりしない」

それを聞いて、顔が赤らむのがわかった。母に言わせれば、わたしのいちばん悪い癖は、うれしい言葉をかけられたときに、自分を卑下して受け流してしまうことなのだそうだ。褒め言葉の受けとり方がわたしにはよくわからない。要するに自信の問題なのよと母は言っていた。というより、自信のなさの。

ストレイン先生が黒板消しを受皿に置き、離れて立っているわたしを見た。両手をポケットに突っこんで、上から下までしげしげと眺める。

「すてきなワンピースだね。趣味がいい」

どうも、とわたしはぼそりと答えた。そういう反応がしみついていて、反射的に出てしまう。そう思いながら自分の服を見下ろした。深緑色のジャージーワンピースで、しいて言えばAラインだが、全体的にだぼっとしていて、丈は膝上までしかない。流行りのスタイルではなく、色合いが自分の髪に映えるから着ているだけだ。中年の男の人が女の子の服に目を留めるのが不思議な気がした。父はワンピースとスカートの区別さえつかないだろうに。

ストレイン先生が黒板に向きなおり、すでにきれいになった板面をまた拭きはじめた。なんだか気まずそうに見えて、もう一度心をこめてお礼を言いたい気持ちが頭をもたげた。すごくうれしいです。そんなことを言ってもらったのは初めて。振り返るのを待ってみたけれど、先生は緑色の板面に白っぽい筋をつけながら、黒板消しを左右に動かしつづけた。

少しして出口に向かいかけたとき、声をかけられた。「次の木曜日も来てくれるとうれしいよ」

「じゃあ、そうします」

そんなわけで、次の木曜日も、その次の木曜日も、そのまた次の木曜日もわたしは文芸部に顔を出した。そして正式な部員になった。ジェスとふたりで部誌の掲載作を選ぶのは、思ったよりも時間がかかった。おもにわたしが優柔不断で、何度も考えなおしては評価を変えるせいだった。一方のジェスはページに勢いよくペンを走らせながら、容赦なくさっさと決断を下した。どうすればそんなにすぐ決められるのかとわたしが尋ねると、出来の良し悪しなんて最初の一行でわかるだろと答えた。ある木曜日、ストレイン先生が教室の奥の教員室に引っこみ、部誌のバックナンバーの束を手に戻ってきた。実物がどんなものかを見せるためだ。といっても、ジェスは去年も編集作業をしたのでもちろん知っていた。そのうちの一冊をぱらぱらとめくると、ジェスの名前が目次の〝小説〟の欄に見つかった。

「ねえ、あなたのもある」

それを見て、ジェスはうめいた。「目の前で読まないでくれ、頼むから」

「なんで？」わたしは一ページ目にさっと目を通した。

「読まれたくないから」

わたしはそれをバックパックにすべりこませたまま、夕食後まで忘れていた。ちんぷんかんぷんな幾何学の宿題に悪戦苦闘していて気分転換がしたくなり、部誌を手に取ってジェスの作品のページを開き、二度読んだ。よかった。わたしがこれまで書いたものも、今年の応募作も到底かなわないほど、本当にいい作品だった。次の会合でそれを伝えようとすると、ジェスはさえぎった。「書くほうはもう興味ないんだ」

別の日の午後、部誌編集に使う新しいＤＴＰソフトの操作法をストレイン先生に教わった。ジェスとわたしがコンピューターの前に並んですわり、後ろに立った先生が操作を見守り、間違いを正した。途中でわたしがミスをしたとき、先生は身をかがめて大きな手でわたしの手をすっぽり覆い、マウスを正しい場所へ動かした。触れられたせいで全身がかっと熱くなった。もう一度ミスをしたときも同じようにされ、今度は軽く手に力がこめられた。じきにこつがわかるさと励ますような感じだったけれど、ジェスには同じことをしなかった。ジェスがうっかり保存せずにソフトを終了してしまい、手順を一から説明しなおす羽目になったときも。

九月の下旬、秋晴れの完璧な天気が一週間続いた。朝が来るたびに木々の葉は鮮やかさを増し、ノルンベガ周辺の山並みを錦に染めた。キャンパスはブロウィック校の受験を決めたときにしきりに眺めたパンフレットそっくりになった。セーター姿の生徒たち、青々とした芝生、白い下見板張りの壁が黄金色に染まる夕暮れ。それを満喫できるはずなのに、天気のせいでわたしは落ち着かず、平静を失っていた。放課後もじっとしているのが苦痛で、図書館からグールド寮の談話室へ移っては、また図書館に戻った。どこにいてもくつろげず、すぐに移動したくなった。

ある日の午後、キャンパスを三周しても、落ち着ける場所がどこにも見つからなかった。図書館は暗すぎるし、散らかった寮の部屋は気が滅入りそうで、ほかはどこも仲間同士で勉強する生徒たちだらけなので、ひとりの自分が、いつでもひとりぼっちの自分が目立ってしまう。しかたなく、人文学科棟裏の草の斜面で足を止めた。落ち着いて、深呼吸しよう。

アメリカ文学の授業中によく眺めている一本きりのカエデの木に寄りかかり、火照(ほて)った頬を手の甲で押さえた。気温は十度しかないのに、気持ちがたかぶって汗ばんでいる。

大丈夫。ここで勉強して、ちょっと落ち着こう。

木にもたれてすわり、バックパックに手を入れて、幾何学の教科書を押しやってリングノートを取りだした。先に詩に取り組めば気分もよくなるかと思ったのに、書きかけのページを開いて、孤島に囚われた少女が沖の水夫たちに手招きするさまを描いた二連にあらためて目を通すと、そのへたくそさに驚いた。ぎこちなく、まとまりに欠け、ほとんど意味不明だ。なのに、それをいいと思って書いたのだ。いいって、どこが? どう見てもだめなのに。わたしの詩なんてみんなだめなんだ。ぎゅっと身を丸め、てのひらの付け根で瞼をこすっていると、落ち葉や小枝を踏んで近づいてくる足音が聞こえた。目を上げると山のようにそびえるシルエットが日差しをさえぎった。

「やあ」

わたしは目の上に手をかざした。ストレイン先生だ。わたしの顔を見て赤い目に気づいたのか、表情が変わった。「泣いていたんだね」

わたしは見上げたままうなずいた。嘘をついても無駄だ。

「ひとりにしてほしいかい」

少し迷ってから、首を横に振った。

先生は数十センチの距離をとって地面に腰を下ろした。長い両脚が投げだされ、ズボンの下の膝の形があらわになる。そして涙を拭うわたしをじっと見守った。

「邪魔する気はなかったんだ。あそこの窓から姿が見えたから、声でもかけようかと思ってね」そう言って、背後の人文学科棟を示した。「泣いていたわけを訊いてもいいかな」

わたしは大きく息を吸い、言葉を探したが、少しして首を振った。「ひとことじゃ説明できません」悲しいのは自分の詩がへたくそなせいでも、自習の場所探しに疲れてしまったせいでもない。もっと暗い感情、自分には直しようのない欠陥があるのではという恐れのせいだった。

それで話は終わると思った。けれども、先生は授業中に生徒たちに向けて難しい質問をしたときのように、答えを待った。ひとことで説明できないのは当然さ、ヴァネッサ。難しい質問をするのは、その感じを味わわせるためなんだから。

もう一度息を吸いこんでから、わたしは言った。「季節のせいか、落ち着かないんです。時間切れに近づいてるような気がするというか。人生を無駄にしてるみたいな」

ストレイン先生は面食らった顔をした。そんな言葉は予想外だったにちがいない。

「人生を無駄に、か」

「意味不明でしょ」

「いや、そんなことはない。よくわかるよ」先生は頭の後ろで手を組んで首をかしげた。「そうだな、きみが私の年頃なら、中年の危機のはじまりじゃないかと言うだろうね」

笑いかけられ、つられてわたしも笑顔になった。ふたりしてにっこりする。

「創作の最中だったようだね。いい作品になりそうかい」

わたしは肩をすくめた。自分の書いたものをよく言っていいのかわからない。自慢するようで気が引けた。

「書いたものを見せてもらえるかな」

「だめ」手に持ったノートをぎゅっとつかんで胸に押しつけると、その急な動きにぎよっとしたように、先生の目に緊張が走った。わたしは気を落ち着けてから続けた。

「まだ完成してないので」

「作品が本当の意味で完成することなどあるのかな」

どう答えるか、試されているような気がした。少し考えてからこう言った。「より完成に近いものはあると思います」

笑みが返された。答えが気に入ったようだ。「より完成に近いものなら見せてもらえるかい」

わたしはノートを胸から離して表紙を開いた。中身は大半が書きかけの詩で、走り書きしては直しを繰り返したものだ。後ろのほうのページをぱらぱらとめくって、ここ二週間かけて書いた一篇を見つけた。未完成だけれど、ひどくはない。ノートを先生に渡しながら、綴じ目に沿って余白に落書きした花の蔓に気づかれませんようにと思った。

先生はノートを大事そうに両手で持ち、そんなふうに自分のノートを人が手にするのを見ただけで身体に震えが走った。それまでは誰にも触らせず、もちろん中身を見せたこともなかった。詩を読み終えると先生は「うーん」と言った。もっとはっきりした反応が欲しかった。気に入ったかどうかわかるような。でも、続きは「もう一度読んでみよう」だった。

ようやく先生が目を上げて「ヴァネッサ、すばらしいよ」と言ったとき、思わず大きなため息をついて、笑ってしまった。「長い時間をかけて書いたのかい」

ふと閃(ひらめ)いたことにしたほうが感心してもらえるかと思い、肩をすくめて嘘を言った。

「そんなには」

「日頃からよく書いているそうだね」ノートが返される。

「たいてい毎日」

「だろうね。とても上手いから。読み手としての意見だよ、教師としてじゃなく」

あまりのうれしさにまた笑うと、ストレイン先生は微笑ましそうなやさしい目になった。「なにかおかしかったかい」

「そうじゃなくて、書いたものをこんなに褒めてもらったのは初めてで」

「冗談だろ。いまのじゃ到底足りない。もっともっと褒めたいくらいだよ」

「じつは、いままで誰にもちゃんと見せたことがなくて、自分が書いた……」ものを、と言おうとして、思いきって先生の言葉に倣った。「作品を」

ふたりのあいだに沈黙が落ちた。先生は頭の後ろで手を組んで景色を眺めていた。絵のように美しい町並み、遠くを流れる川、緩やかに起伏する丘。わたしはノートに目を落としてページを眺めたが、なにひとつ頭に入らなかった。隣にいる先生の身体が気になってしかたがない。斜めに木にもたれた胸、シャツをつっぱらせているお腹、足首のところで組んだ長い脚。ズボンの片裾がめくれ、ハイキングブーツとのあいだの皮膚が一センチほど覗いている。先生が立ちあがって行ってしまわないように、引きとめられそうな言葉を探したが、なにか思いつくまえに、先生は赤いカエデの落ち葉を拾い、葉柄を持ってくるりとまわしてから、少し考えたあと、それをわたしの顔のそばにかざした。

「ほら、きみの髪の色とそっくりだ」

わたしは身をこわばらせた。口があいたのがわかった。カエデの葉はもうしばらくそこにあり、葉先がわたしの髪をくすぐった。やがて、小さく首を振ると先生は手を下ろし、葉を地面に落とした。そして腰を上げ――また日差しをさえぎって――太腿で両手を拭うと、なにも言わずに人文学科棟へ戻っていった。

その姿が見えなくなったとたん、パニックが押し寄せ、逃げだしたくなった。急いでノートを閉じ、バックパックをひっつかむと寮へと歩きだしたが、思いなおして引き返し、先生がわたしの髪にかざした葉がどれだったかと地面を探した。それを大事にノートにはさんでから、宙に浮かぶようなふわふわした足取りでキャンパスを横切った。部屋に戻ったあと、ようやく自分の姿が窓から見えたと言われたことを思いだし、教室に戻った先生に葉を探すところを見られたかもしれないと気づいて、ぎゅっと目をつぶった。

その次の週末、父の誕生日に帰省した。母からのプレゼントは、シェルターから引きとった黄色いラブラドールの仔犬だった。〝毛色が薄すぎる〟という理由で飼い主に捨てられたのだ。父はその仔犬を、豚の映画にちなんでベイブと名づけた。お腹がまんまるで鼻先がピンクなので、仔豚みたいだからだ。それまで飼っていた犬は夏に死んだ。十二歳のシェパードで、父が町で拾った迷い犬だった。仔犬を飼うのは初めてなので、わたしはベイブに夢中になり、週末のあいだずっと赤ちゃんみたいに抱いて過ごし、ゼリービーンズそっくりな肉球を撫でたり、甘い息を嗅いだりした。

夜に両親が寝床に入ったあと、わたしは寝室の鏡の前に立ち、自分の顔と髪をしげしげ眺めては、ストレイン先生の目に映る姿をそこに見ようとした。カエデ色の髪をして、趣味のいいすてきなワンピースを着た少女を。でも、青白いそばかす顔の子供にしか見えなかった。

父とベイブを家に残して、母の運転でブロウィック校へ戻った。閉ざされた車内で、わたしの胸は打ち明けたい気持ちで燃えたっていた。でも、打ち明けるってなにを？手を二回握られて、髪のことを言われたって？

町へ入る橋を渡ったとき、なるべくさりげなく訊いた。「わたしの髪ってカエデの葉の色だって知ってた？」

母は驚いたようにわたしを見た。「そうね、カエデにもいろいろあるけど。紅葉のしかたもそれぞれ違うし。サトウカエデに、シロスジカエデ、ベニカエデ。北のほうなら、アメリカヤマモミジというのも――」

「もういい。忘れて」

「いつから木に興味を持つようになったの」

「わたしの髪の話をしてたの、木じゃなくて」

髪がカエデ色だなんて誰に言われたのと母は訊いたが、あやしんではいないようだ。すてきなことだと思っているように、口調は穏やかだった。

「別に」

「誰かにそう言われたんでしょ」

「自分じゃそんなことにも気づけないってこと？」

車が赤信号でとまった。ラジオから正午のニュースが流れている。

「聞いても大騒ぎしないって約束してくれるなら話すけど」

「大騒ぎなんてしない」

わたしは母をじっと見た。「約束して」

「わかった。約束する」

深呼吸をひとつした。「先生に言われたの。わたしの髪はカエデの葉の色だって」

そう口にしたとたん、じっとしていられないほどの解放感に襲われ、笑いだしそうになった。

母の目が鋭くなった。「先生？」

「母さん、前を見て」

「男の人？」

「だったらなに？」

「先生がそんなことを言うなんて。どの先生？」

「母さん」

「教えて」

「大騒ぎしないって約束したのに」

母は気を静めようとするように、いったん口を閉じた。「十五歳の女の子に言うようなことじゃないと思っただけよ」

車は町なかへと進んでいく。老朽化したヴィクトリアン様式の邸宅を改造したアパートメントが並ぶ通り、人けのない中心部、だだっぴろい病院。にっこり笑う巨人のポール・バニヤンの像は、黒髪と髭がちょっとストレイン先生に似ている。

「男の先生だったら、ほんとに気になる？」

「ええ。気になりますとも。誰かに相談しましょうか。入っていって、文句を言ってやる」

母が管理部棟へ押しかけて校長に会わせろと息巻くところが目に浮かんだ。わたしは首を振った。そんなのまっぴらだ。「なにげなく言われただけ。ほんと、たいした話じゃないから」

それを聞いて母は少し肩の力を抜き、「どの先生？」とまた訊いた。「なにもしないから。知りたいだけ」

「政治学の先生」するりと嘘が出た。「シェルドン先生」

「シェルドン先生ですって」そんな間抜けな名前は聞いたこともないと言いたげな口調だった。「とにかく、先生たちと仲良くしたりしちゃだめ。ちゃんと友達を作りなさい」

わたしは通りすぎる景色を眺めた。ブロウィック校へは州間高速道路でも行けるのに、短気な人たちのレース場になっているからと母が片側一車線の幹線道路を選ぶので、倍の時間がかかる。

「わたしは平気だってば、ほんと」

母が眉をひそめてちらりと見る。

「ひとりでいるのが好きなだけ。それが普通なの。そんなにがみがみ言わないで」

「がみがみ言ったりしてないでしょ」と母は言ったが、それが事実でないのは互いに承知していた。少しして、母は続けた。「ごめん。あなたが心配で」

そのあと車内ではほとんど言葉を交わさず、わたしは窓の外を眺めながら勝利を嚙みしめずにはいられなかった。

わたしは図書館の自習席で、幾何学の宿題を目の前に広げていた。集中しようとしても、水面を跳ねる石のように気持ちが落ち着かない。いや、こっちのほうがいい――缶のなかでカラカラ転がる石のように。ノートを出してその一行をメモしようとして、書きかけの孤島の少女の詩に気がそれた。次に目を上げたときには一時間が過ぎていて、幾何学の宿題は手つかずのままだった。

顔をこすり、鉛筆を握って取りかかったものの、数分もすると窓の外をぼんやり眺めていた。茜色の夕日が木々を燃えたたせている。サッカーウエア姿の男の子たちがスパイクシューズを肩にかけてグラウンドから戻ってくる。女の子がふたり、バックパックのようにヴァイオリンケースを背負い、お揃いのポニーテールの房を揺らして歩いている。

そのとき、トンプスン先生とストレイン先生が連れだって人文学科棟へと歩いているのが見えた。ゆっくり、のんびりとした足取りで、ストレイン先生は背後で手を組み、トンプスン先生は頬を押さえて微笑んでいる。ふたりがいっしょのところをまえにも見ただろうかとわたしは考えた。トンプスン先生は美人と言えるだろうか。青い瞳と黒髪は、印象的だと母がよく言う組み合わせだが、身体はぽっちゃりしていて、お尻は棚みたいに出っぱっている。気をつけていないとわたしもそのうちなるのではと心配している体型だ。

さらによく見ようと、わたしはそちらへ目を凝らした。ふたりは肩を並べているが、触れあってはいない。トンプスン先生が頭をのけぞらせて笑った。ストレイン先生がおかしなことでも言ったのだろうか。わたしは笑わせてもらったことなんてない。窓に顔を押しつけて目で追ったが、やがてふたりは角を曲がり、橙色に染まったナラの木の向こうに消えた。

大学進学適性試験(SAT)の模擬試験でわたしはそこそこの点数を取ったものの、もっといい成績をあげた大半の十年生の郵便受けにはアイビーリーグのパンフレットが届きはじめた。わたしは規則正しい生活をしようと新しいシステム手帳を買い、その話を教師たちから聞いたアントノヴァ先生が、ご褒美にヘーゼルナッツキャンディの缶をくれた。

アメリカ文学の授業ではウォルト・ホイットマンを読み、ストレイン先生が人間の持つ多面性や矛盾について話した。先生自身にも矛盾に思える部分があるのもわかってきた。ハーヴァード大学の卒業なのに貧しい子供時代の話をしたり、流麗な語りに悪態をちりばめたり、かっちりしたブレザーに傷だらけのハイキングブーツを合わせたり。教え方にも癖があり、授業中に発言するのはいつでも賭けだった。生徒の言ったことが気に入ると手を叩いて黒板の前へ飛んでいき、そのすばらしさを詳しく解説してみせるのに、気に入らないときは最後まで言わせず、骨まで断ち切りそうな鋭さで「わかった、もういい」とさえぎるのだった。発言するのは怖かったけれど、クラス全体に向かって意見を求めるとき、ときどき先生はわたしの答えがとくに気になるようにまっすぐこちらを見た。

わたしはノートの余白に、ストレイン先生がなにげなく漏らしたプライベートな話を書き留めた。出身はモンタナ州ビュート、十八歳でハーヴァード大学に入るまでは海を見たことがなかったこと、ノルンベガの中央にある公共図書館の向かいに住んでいること、子供のころに襲われたせいで犬が苦手なこと。ある火曜日の部活動のあと、ジェスが教室を出て廊下を歩きだすのを待って、先生がわたしに渡したいものがあると言った。そして机の最下段の抽斗（ひきだし）をあけて本を取りだした。

「授業で使う本ですか」

「いや、きみの気に入るかと思ってね」先生は机の向こうから出てきて本を差しだした。シルヴィア・プラスの『エアリアル』。「読んだことは？」

わたしは首を振って本を自分のほうに向けた。読み古され、青い布のカバーがかけられている。ページのあいだから、栞代わりにはさまれた紙切れが突きだしている。

「ちょっと大仰なところはあるが、若い女性にはとても人気だ」

〝大仰〟とはどういうことだろうと思ったものの、訊き返すのはやめた。ページをぱらぱらとめくると次々に詩が現れては消え、やがて紙切れがはさまれたページで手が止まった。ボールド体の大文字で〝ラザロ夫人〟とタイトルが書かれている。「なんでこの詩に紙が?」

「見てごらん」

ストレイン先生はわたしの横に並んでページをめくった。そばに立たれると呑みこまれそうな気がした。わたしの頭は先生の肩にも届かない。

「ほら」詩の一節が指差された。

灰のなかから
わたしは赤い髪で立ちあがり
空気のように男たちを食らう

「これできみを思いだしてね」そう言って先生はわたしの背後に手を伸ばし、ポニーテールを引っぱった。

詩を読むふりで黄ばんだページに目を落としても、どの連もぼやけた黒いしみにしか見えなかった。どう反応したらいい? 笑ったほうがいいだろうか。からかわれているのかと思ったけれど、違う。からかう気ならふざけた調子になるはずなのに、これはただのおふざけには重すぎる。

ストレイン先生が静かな声で訊いた。「きみを思いだしてもかまわないかな」

わたしは唇を舐め、肩をすくめた。「ええ」

「行きすぎた真似だけはしたくないんだ」

行きすぎた真似。どういう意味だろうかとまた思ったが、わたしを見下ろす先生を見るとなにも訊けなかった。その顔は気恥ずかしさと期待でいっぱいで、困ると答えたりすれば、泣きだしてしまいそうだった。

だからにっこりして首を振った。「そんなことありません」

ふうっと息が吐きだされた。「よかった」そう言うと先生はわたしから離れて机に戻った。「読んでみて感想を聞かせてほしい。触発されて、いくつか詩が書けるかもしれないよ」

教室を出てまっすぐグールド寮に戻ると、わたしはベッドに入り、『エアリアル』を一気に読みとおした。詩そのものも気に入ったけれど、なぜ先生がその詩集でわたしを思いだしたのか、いつ思いだしたのかということのほうが気になった。木の葉を拾った、あの日の午後だろうか。カエデ色の髪。いつからこの本を机の抽斗に入れていたのだろう、わたしに渡そうと決めるまでにしばらく迷ったのだろうか。勇気をかき集めたのだろうか。

「ラザロ夫人」のページにはさまれた紙切れを取って、丁寧な筆記体で〝わたしは赤い髪で立ちあがり〟と書きつけてから、机の前のコルクボードにピンで留めた。わたしの髪を褒めてくれるのは大人ばかりだけれど、先生はただ褒めてくれただけじゃない。わたしのことが気になっている。気になってしかたがないから、なにかを見てわたしを思いだす。それは意味のあることだ。

数日おいてから『エアリアル』を返すことにし、授業のあとに生徒たちがいなくなるのを教室の後ろで待ってから、ストレイン先生の机にそっと本を置いた。

「どうだった?」感想を待ちかねていたように、先生は肘をついて身を乗りだした。

わたしは鼻に皺を寄せて、少し考えた。「ちょっと自己陶酔的というか」

それを聞いて先生は笑った——声をあげて。「たしかにね。率直な感想は歓迎だ」

「でも、気に入りました。とくに、紙をはさんであったのが」

「だろうと思った」先生は造りつけの本棚のところへ行って蔵書に目を走らせた。「ほら」別の本が手渡された——エミリー・ディキンソン。「これは気に入るかな」

ディキンソンは日をおかずに返した。翌日の授業のあと、わたしは先生の机に本を投げだした。「あんまりでした」

「冗談だろ?」

「なんか、退屈で」

「退屈だって?」先生はてのひらを胸に押しあてた。「ヴァネッサ、傷つくじゃないか」

「率直な感想は歓迎だと言われたから」わたしは笑って言った。

「もちろん。同意できればもっと歓迎なんだが」

　次に渡されたのはエドナ・セント・ヴィンセント・ミレイの本で、先生によれば、退屈の対極だということだった。「それにメイン州出身で、赤毛だったんだ。きみと同じで」

　わたしは借りた本を持ち歩いて寸暇を惜しんで読み、食事中さえ手放さなかった。そのうちに、本を気に入るかどうかはたいして重要ではなく、自分自身を見るためのさまざまなレンズを与えられているのだとわかってきた。先生がわたしのどこに興味を持っているのか、わたしがどんなふうに見えているのか、詩はそれを理解するための鍵だった。

　目をかけられていることに励まされ、わたしはもっと作品を読みたいと言う先生に詩の草稿を見せた。返された草稿には批評が添えられていた。褒め言葉だけでなく、よりよいものにするための本格的な助言が。自分でも迷っていた表現には丸がつけられ、〝これがベスト？〟と書きこまれていた。上から線が引かれ、〝もっとよくなる〟とコメントが添えられた箇所もあった。夜中に教室とも実家の寝室ともつかない場所にいる夢から覚めて書いた詩には、〝ヴァネッサ、これはちょっと怖いね〟。

　やがてオフィスアワーにストレイン先生の教室へ通うようになり、窓から降りそそぐ十月の日差しのなか、先生が机で仕事をするあいだ、ミーティングテーブルで自習をして過ごした。たまにほかの生徒が課題の質問に来るくらいで、たいていはふたりきりだった。先生はわたしのことをあれこれ尋ねた。ホエールズ・バック湖畔での子供時代のこと、ブロウィック校の印象、将来の夢。きみの可能性は無限大だ、きみには成績や試験の点数では計れない、類まれな知性があると先生は言った。

「きみのような生徒が心配になることがあってね。小さな町の荒れた学校出身の。こういう環境に来て気後れして、途方に暮れてしまいがちだから。でもきみは大丈夫だ、だろ？」

　うなずいたものの、どれほど〝荒れた〟学校だと思われているのだろうかと気になった。わたしの母校の中学はそこまでひどくない。

「覚えておいてほしい。きみは特別だ。どこにでもいるガリ勉たちには夢のまた夢でしかないものを持っているんだ」〝どこにでもいる〟と言いながら、先生はテーブルのまわりに並んだ空っぽの椅子を示した。わたしはジェニーを思い浮かべた。ジェニーはいい成績を取ろうといつも必死で、一度などわたしが寮の相部屋に戻ると、ブーツを履いたままベッドで泣きじゃくっていた。シーツは融雪剤でざらつき、微積分の中間テストの答案用紙がくしゃくしゃに丸まって床に転がっていた。八十八点の。ジェニー、Bだってたいしたものよと声をかけても、慰めにはならなかった。ジェニーはくるりと壁のほうを向き、両手で顔を覆って泣きつづけた。

ある日の午後、コンピューターで授業計画を作成していたストレイン先生がだしぬけに言った。「きみがしょっちゅうここにいるのを、みんなどう思っているだろうね」〝みんな〟とは誰のことだろうとわたしは思った。ほかの生徒たちのことか、教師たちのことか、それともすべての人をひとまとめにしてそう呼んだのだろうか。

「その心配はなさそう」

「なぜだい」

「わたしがなにをしようと、誰も気にしないから」

「そんなことはない。私はいつも気にしているよ」

わたしはノートから顔を上げた。先生は入力の手を止め、キーボードの上に指を置いたままわたしを見つめていた。その顔があまりにやさしげで、身体がすっと冷たくなった。

それからというもの、わたしは先生に見られているところを想像するようになった。眠たい目で朝食をとっているときも、町なかを歩いているときも、寮の部屋でポニーテールのゴムを外し、選んでもらったばかりの本とともにベッドにもぐりこむときも。想像のなかの先生はなにひとつ見逃すまいとするように、ページを繰るわたしを見つめていた。

ペアレンツ・ウィークエンドがやってきた。ブロウィック校が保護者をもてなす三日間のイベントだ。金曜日には保護者のためにカクテルアワーが用意され、そのあと全校生徒も参加して食堂で夕食会が催されて、普段はお目にかかれないメニューが振る舞われる。ローストビーフにフィンガーリングポテト、温かいブルーベリーパイ。土曜日は昼食前に保護者と教師の懇談会が行われたあと、午後から運動部の主催試合があり、さらに日曜日まで滞在する親たちは朝に町の教会かブランチに出かける。わたしの両親も昨年は最後まで参加したが、今年は母が「ヴァネッサ、今度もまたあれをおしまいまで我慢したら、お父さんもわたしも生きる気力をなくしそう」と言い、土曜日の懇談会にだけ出席することになった。それでかまわなかった。ブロウィック校はわたしの世界で、親たちのじゃない。ふたりとも〝ブロウィック校生の親です〟ステッカーをバンパーに貼るくらいなら、共和党に投票だってするだろう。

懇談会のあと寮の部屋にやってきたとき、父はレッドソックスの野球帽にバッファローチェックのフランネルシャツ姿で、母はバランスをとるためにか、ニットのセットアップを着ていた。父は室内をうろついて本棚の本を眺めはじめ、母はわたしと並んでベッドにすわり、手をつなごうとした。

「やめて」わたしはその手を振りほどいた。

「だったら、首のにおいを嗅がせて。あなたのにおいが恋しくて」

わたしは肩を上げて耳をかばった。「気持ち悪いってば、母さん。なんでそんな変なことするの」去年の冬休み、母はわたしのお気に入りのマフラーが欲しいと言った。箱にしまっておいて、わたしが恋しくなったら出してきてにおいを嗅ぎたいからと。そういうことはすぐさま頭から締めだすことにしていた。でないと後ろめたさで息苦しくなる。

母が懇談会の話をはじめた。知りたいのはストレイン先生のことだけだったが、あまりに興味津々ではあやしまれそうなので、先生たちの名前が順に挙げられるのを辛抱強く聞いた。

ようやく母が言った。「そうそう、英語の先生は面白そうな人ね」

「大柄で髭面の？」父が訊いた。

「そう、ハーヴァード出の」母はその語をハー・ヴァードと引きのばして発音した。どうやって知ったんだろう？　ストレイン先生が会話のなかで出身校を明かしたのか、それとも机のそばの壁に飾られた卒業証書に両親が気づいたのだろうか。

母が繰り返した。「とても面白そうな人ね」

「どういう意味？　先生はなんて？」

「先週のあなたの作文がよく書けていたって」

「それだけ？」

「ほかになにかあるの？」

わたしは頬の内側を噛んだ。それじゃほかの生徒といっしょだ、そう思うと屈辱だった。先週の彼女の作文はよく書けていましたよ。先生にとって、わたしはそれだけの存在なのかもしれない。

「印象が悪かったのは誰だかわかる？　政治学のシ、ェ、ル、ド、ン先生」鋭い目でわたしを見てから、母が続けた。「ほんと、くそ野郎って感じだった」

「おいおい、ジャン」父が言った。わたしの前で母が悪態をつくのがいやなのだ。

父と母は夕食まで残るか暗くなるまえに帰るかの相談をはじめ、わたしは見ていなくてすむようにベッドから立ちあがり、クロゼットの扉をあけて服をいじった。夕食前に帰ったらすごくがっかりするかとふたりが訊いた。わたしはハンガーにかかった服のほうを向いたまま、別にとだけ答えた。目を潤ませる母にいらだちそうになるのをこらえ、いつものようにそっけなくじゃあねと告げた。

ホイットマンについての長いレポートの締切が迫った金曜日、ストレイン先生はミーティングテーブルをぐるりとまわりながらランダムに生徒をあて、レポートの主題文を読みあげさせた。「いい出来だがもっとよくなる」とか「全部消して、一からやりなおし」といった評価がその場で下されるのを、わたしたちは不安を募らせながら聞いていた。トム・ハドソンは「全部消して、一からやりなおし」と言い渡された瞬間に泣きそうな顔になったが、ジェニーは「いい出来だがもっとよくなる」と言われて実際に涙を浮かべ、しきりに瞬きした。そんな姿を見ると、テーブルの向かいに飛んでいってジェニーを抱きしめ、やめてあげてと先生に訴えたいような気持ちになった。わたしのレポートの番が来ると、先生は完璧だと言った。

全員の評価がすんだあと授業時間が十五分余ったので、残りの時間でレポートの修正をするようにと告げられた。完璧だと言われた場合はどうすればと思いながらすわっていると、先生に名前を呼ばれた。先生はわたしが授業のはじめに提出した詩を掲げてみせ、手招きで机のそばに呼び寄せた。「この詩について話そう」椅子をきしませて立ちあがったとき、ジェニーが痺れた手を振ったはずみに鉛筆を落とした。一瞬目が合い、ジェニーの視線を感じたままわたしは机のところへ行った。

先生の横の椅子に腰を下ろして自分の詩を見ると、余白にはなにも書きこまれていなかった。「静かに話せるように、もう少しそばへ来るといい」わたしが動くより先に、先生はわたしの椅子の背もたれに指を引っかけて、三十センチ足らずの位置まで引き寄せた。

わたしたちの様子をいぶかしんだ生徒がいたとしても、誰も顔には出さなかった。テーブルを囲んで、誰もが脇目も振らずに修正作業に集中している。彼らとわたしたちとは別の世界にいるようだった。先生はわたしがつけた紙の折り目をてのひらの付け根で平らにしてから、詩に目を通しはじめた。においが嗅ぎとれるほど――コーヒーとチョークの粉のにおいだ――すぐそばで待ちながら、わたしは先生の手を見つめていた。噛んで短くなった平らな爪、手首の黒い毛。まだ詩を読んでいないなら、なぜ呼ばれたんだろう。両親のことを先生はどう思っただろう。フランネルシャツの父とバッグを胸に抱えた母を見て、田舎者だと思っただろうか。ハーヴァード大のご出身なんですねとふたりは言ったにちがいない。恐れ入ってしまい、訛りを丸出しにして。

ストレイン先生はペンで紙を指ししめして、小声で言った。「ネッサ、訊きたいんだが、ここにはセクシーな意味がこめられているのかな」

わたしは示された一節にぱっと目を落とした。

スミレ色のやわらかな衣で眠る彼女は身じろぎをして、
ペディキュアの剝げた爪先で毛布をはねのけ、
大きなあくびをして奥を彼に覗かせる。

その問いかけのせいで、わたしは真っぷたつに分裂した。身体を先生のそばに残したまま、意識だけがテーブルのほうへ戻ろうとする。セクシーだと言われたことなどなかったし、ネッサと呼ぶのも両親だけだった。懇談会のとき、ふたりはわたしをそう呼んだのだろうか。先生はそれに気づいて、自分も使おうと覚えておいたのだろうか。

わたしはセクシーな意味をこめたのだろうか。「わかりません」

先生はかろうじてわかるほどかすかに身を引いて言った。「恥ずかしがらせるつもりはないんだ」

これはテストだとわたしは気づいた。セクシーだと言われてどう反応するかを見られていて、恥ずかしがれば落第だということだ。だから、首を振った。「恥ずかしくはありません」

先生はさらに読み進め、一行の横に感嘆符を書きこんで、わたしではなく自分に語りかけるような調子で小さく言った。「ああ、ここはすばらしい」

廊下の先でドアの閉じる音がした。テーブルでは、グレッグ・エイカーズが指の関節をひとつずつ鳴らし、ジェニーはうまく直せない主題文を消しゴムでごしごし消している。窓の外に視線を漂わせたわたしは、赤いものに気づいた。目を凝らすとそれは風船で、カエデの枝に紐が絡まっているのだとわかった。風にそよぎ、カエデの葉や幹にぶつかっている。風船なんてどこから来たんだろう？　ずいぶん長いあいだ、わたしは瞬きもせずにそれを見つめていた。

と、スカートの裾からあらわになったわたしの太腿にストレイン先生の膝が触れた。目は詩に落とされたままで、ペン先は行を追い、膝はわたしに押しつけられている。

わたしは仮死状態のオポッサムみたいに身をこわばらせた。テーブルの九人は顔を伏せたまま作業に没頭している。窓の外では赤い風船がだらんと枝から垂れている。

最初のうち、先生は気づいていないのだと思った。わたしの脚を机か椅子の座面だと思っているだけだ。先生が勘違いに気づいて脚をそっと引っこめ、「失礼」と後ろに下がるのをわたしは待った。けれど、膝は押しつけられたままだった。わたしが気を遣って少し離れると、膝もついてきた。

「われわれは似た者同士なんだ、ヴァネッサ」先生が囁いた。「書くものを見ればわかる、きみはわたしと同じで、暗い（ダークな）ロマンティストらしい。黒い翳（かげ）のようなものに惹かれるんだ」

先生は机の陰で手を伸ばして、わたしの膝をやさしくそっと撫でた。暴れて噛みつくかもしれない犬を手なずけようとするときのように、ポンポンと。わたしは噛みついたりしない。身じろぎもしない。息さえ止めていた。先生は詩にコメントを書きこみながらもう片方の手で膝に触れつづけている。そのうちわたしの意識はまた身体を抜けだし、天井まで浮かびあがってそこから自分を見下ろした——丸まった背中、呆然とした目、燃えるような赤毛。

やがて終了時間が来た。先生が離れ、手が置かれていた膝が冷たくなるのと同時に、教室内が動きと音で満たされた。ファスナーが上げられ、教科書がぱたんと閉じられ、笑い声とおしゃべりが響く。誰も目の前で起きたことに気づいてはいないようだ。

「次の作品も楽しみにしているよ」ストレイン先生が言って、コメントをつけた詩をわたしに返した。すべてが普段どおりで、なにごともなかったかのように。

ほかの九人の生徒たちは持ち物をまとめて教室を出ていき、いつものように練習やリハーサルや会合へと向かった。わたしも教室を出たが、彼らとは違った。みんなはこれまでと同じなのに、わたしは変わった。もうただの人じゃない。解き放たれた。キャンパスを足で歩くしかない平凡なクラスメートたちを尻目に、わたしはカエデ色の尾を引く彗星のように空を舞った。もはやわたしではない。誰でもない。木の枝に引っかかった赤い風船。これまでのわたしはどこにもいない。

二〇一七年

勤務中にぼんやりロビーを眺めていると、アイラからメッセージが来る。携帯電話の画面にプッシュ通知が溜まっていくのを見ながら、わたしは身をこわばらせる。最後に別れたあと、彼のアドレスは〝連絡しない〟に分類されたままだ。

どうしてる?

きみのことが気になって。

一杯どう?

携帯には触らずにおく。メッセージを読んだことを相手に知られたくない。でも、おすすめのレストランを紹介して予約の電話を入れ、どの宿泊客にもお役に立てて幸いです、まことに幸いですと繰り返すうちに、身体の奥に小さな炎が灯る。アイラにきっぱり振られてから三カ月、今回のわたしはおとなしくしていた。偶然会えないかとアパートメントの前まで行ってみたりも、電話をかけたりも、メッセージを送ったりもしていない。酔っぱらったときにも。そうやって我慢した甲斐があったのかもしれない。

二時間おいて、〝元気にしてる。一杯やりたいかも〟と返事をする。すぐに返信がある。

〝いまは仕事中？　こっちは仲間と夕食中なんだ。シフトが終わるのを待っていようか〟。手を震わせながら、親指を立てた絵文字だけを返信する。〝いいね〟と入力するのさえ億劫だと思わせるために。

午後十一時半にホテルを出ると、アイラが駐車係の受付台にもたれ、背を丸めて携帯電話を覗きこんでいる。見た目が変わったことにひと目で気づく。短くなった髪、流行りの黒いスキニーパンツと肘に穴のあいたデニムジャケット。わたしに気づくとアイラははっとした顔で携帯を後ろポケットに突っこむ。

「ごめん、すっかり遅くなっちゃった。今夜は忙しくて」どう挨拶すべきか、どこまで許されるのかと迷いながら、わたしはバッグを両手で抱えたままそこに立つ。

「いや、数分前に来たところだ。すてきだね」

「変わってないけど」

「そりゃ、元からすてきだからね」アイラがハグしようと手を差しのべるが、わたしは首を振る。愛想がよすぎる。よりを戻したいなら、わたしみたいに緊張でそわそわしているはずだ。

「そっちはすごく……」ふさわしい言葉を探す。「イケてる」皮肉のつもりだが、アイラは笑って、素直にどうもと返事をする。

ふたりで入った新しいバーには、アンティーク調の木のテーブルとメタルチェアが並び、五ページもあるドリンクメニューにはスタイルと原産国、アルコール度数別にビールが分類されている。わたしは店内の客を見まわし、テイラー・バーチがいないかとブロンドのロングヘアの頭をひとつずつたしかめる。とはいえ目の前に現れても見分ける自信はない。この二週間、通りで彼女を見かけたと思うたび、似ても似つかない別人だった。

「ヴァネッサ？」アイラに肩を叩かれてはっとする。隣にいるのを忘れていた。「大丈夫かい」

うなずいてかすかに笑みを浮かべ、空いた席を確保する。

やってきたウェイターが立て板に水のごとくおすすめの説明をはじめるが、わたしはそれをさえぎる。「多すぎてわけがわからない。なんでもいいから持ってきて、文句は言わないし」冗談のつもりだったが、棘のある口調になる。連れがすみません、とアイラがウェイターに目で詫びる。

「別の店にすればよかったな」

「ここでいい」

「全然気に入らないみたいだけど」

「どこだって気に入らないし」

ウェイターがビールを運んでくる。アイラにはゴブレットに注がれた濃い色の、ワインに似た香りのものを、わたしにはミラー・ライトの缶。

「グラスは要ります？　そのままで平気ですか」

「ええ、もちろん平気」わたしは缶を指差し、精いっぱいの愛想をこめてにっこりしてみせる。ウェイターは無言で隣のテーブルに向きなおる。

アイラがしげしげとこちらを見る。「大丈夫なのかい。本当のところ」

わたしは肩をすくめ、グラスに口をつける。「ええ」

「フェイスブックの投稿を見たよ」

わたしはビールのプルタブを爪ではじく。カチ、カチ、カチ。「フェイスブックの投稿って？」

しかめっ面が返される。「ストレインについての。本当に見てないのか？　最後にチェックしたとき、二千件かそこらもシェアされてたよ」

「ああ、あれね」実際はほぼ三千件に近づいているが、徐々に反応は静まってきている。わたしはもうひと口ビールを飲み、メニューをめくる。

アイラが声をやわらげて言う。「きみが心配だったんだ」

「やめて。平気だから」

「告発があってから、彼とは話した？」

音を立ててメニューを閉じる。「いいえ」

アイラが探るような目で見る。「本当に？」

「本当に」

ストレインはクビになるだろうかとアイラが言い、わたしは缶を口につけたまま肩をすくめる。わたしに訊かれても困る。テイラーに連絡をとる気はあるかと尋ねられ、黙ったままプルタブをはじく。カチ、カチ、カチ。半分空いた缶のなかでその音がビン、ビン、ビンと反響する。

「きみにはつらい状況なのはわかる。でも、いい機会でもあるだろ？　きちんと片をつけて、前へ進むための」

その考えを吐く息とともに締めだす。〝きちんと片をつけて、前へ進む〟が崖から飛び降りるのと同じに聞こえる。死ぬのと同じに。

「話題を変えない？」

「いいとも、もちろん」

仕事はどんな調子で、まだ転職を考えているのかとアイラが尋ねる。それから、マンジョイ・ヒル地区にアパートメントを見つけたと聞かされ、思わず胸がはずむ。いっしょに暮らそうと誘われるかも、そんな空しい期待がつかのまよぎる。すごくいい部屋なんだ、広々していて、とアイラが続ける。キッチンにテーブルが置けるし、寝室から海が見える。せめて招待してくれないかと待ってみるが、アイラは黙ってグラスを口に運ぶ。

「そんなにすてきな部屋なら高いんでしょ。払えるの？」

アイラが唇をぎゅっと閉じてビールを飲みくだす。「まあ、幸いね」

まだまだ飲むつもりなのに——ふたりでひたすら飲み、やがてどちらかが思いきって「ちょっとうちに寄っていく？」と訊くのがいつものパターンだ――わたしがお代わりを注文するより先に、アイラはウェイターにクレジットカードを渡す。今夜はお開きということだ。平手打ちされたような気持ちになる。

　バーを出て夜気のなかを歩きながら、まだルビーのところへ通っているのかと尋ねられるとほっとする。その問いになら、嘘をつかずに相手の望む答えを返せる。

「それはよかった。なによりきみのためになるからね」

　笑みをこしらえようとするが、〝なによりきみのためになる〟という言葉が癪(しゃく)に障る。あれこれ思いださずにはいられない。きみが性的虐待を美化しているのは問題だ、加害者といまだにつながっていることと同じくらい問題だとアイラに責められつづけたことを。出会った当初から、わたしには助けが必要だとアイラは言っていた。付きあって六カ月が過ぎるとセラピストのリストを渡され、試してみてほしいと懇願された。わたしが断ると、愛しているならできるはずだとアイラは言い、愛しているならほっといてとわたしは返した。一年後、究極の選択を突きつけられた――セラピーに通うか、別れるか。それでもわたしは腰を上げず、折れたのはアイラだった。だから、父の死がきっかけとはいえ、わたしがルビーのところへ通いはじめたとき、アイラはご満悦だった。理由はどうでも行ってくれさえすればいい、と。

「それで、ルビーの意見は?」

「なにが?」

「フェイスブックの記事のことさ、あの男が彼女にしたこと……」

「ああ。そのことはあまり話してない」わたしは街灯に照らされたレンガの歩道の模様を目でなぞる。海霧が立ちこめている。

二ブロックを歩くあいだアイラは黙っている。やがてコングレス通りに出る。わたしは左、アイラは右だ。ろくに酔ってもいないのに、家へ誘いたい気持ちで胸が疼(うず)く。三十分いっしょにいただけで、自分がいやになっているのに。それでも人肌が恋しい。

「ルビーには言ってないんだろ」

「言った」

アイラが首をかしげ、眉根を寄せる。「へえ。子供のころきみを虐待した男が、別の虐待の件で告発されてると伝えたのに、セラピーでそれを話題にしないって? かんべんしてくれ」

わたしは肩をすくめる。「わたしにとってはたいしたことじゃないし」

「へえ」

「それに、わたしは虐待されてない」

アイラの鼻孔が広がり、目つきが鋭くなる。すっかり見慣れた、いらだちのしるしだ。背を向けて帰ろうとし――わたしに腹を立ててるより、立ち去ったほうが楽だ――またこちらに向きなおる。「あの男にされたことくらいは話したのか」

「その話をするためにセラピーに通ってるわけじゃないのよ、わかってる？　父のことを聞いてもらいに行ってるの」

午前零時。遠くで大聖堂の鐘の音が響き、信号機が赤・黄・青から黄色い点滅に切り替わったとき、アイラが首を振る。うんざりしたように。考えていることならわかる、わたしが意気地なしで、罪を見逃そうとしていると思っているのだ。誰でもそう思うにちがいない。でも、わたしがかばおうとしているのはストレインだけでなく、わたし自身でもある。自分の身に起きたことを〝虐待〟と表現することはあっても、人に言われると、その言葉はひどく醜悪で断定的に聞こえる。起きたことすべてを丸ごと呑みこんでしまう。わたしのことも、わたしがそうされることを望み、せがんだことも。わたしが十八歳になるまでにストレインとしたセックスをひと括りにして、法的にレイプと見なすのと同じだ。誕生日が来れば魔法のように大人になるとでも？　そんなものは恣意的な線引きでしかない。早熟な子もいると考えたほうが合理的では？

「なあ」とアイラが言う。「この数週間、告発のニュースを見るたびに、きみのことが気になってしょうがなかったんだ。心配でたまらなかった」

一対のヘッドライトが明るさを増しながら近づき、わたしたちを照らしだして、角を曲がる。

「あの投稿で動転してるだろうと思ってたけど、気にもしてないみたいだな」

「気にするって、なぜ？」

「あの男がきみにも同じことをしたからだろ！」張りあげられた声がビルにぶつかって反響する。アイラは息を吸いこみ、かっとなったことを恥じるように地面に目を落とす。きみみたいに腹の立つ相手は初めてだといつも言われていた。

「あなたこそ気にしすぎよ、アイラ」

アイラは苦笑する。「だよな、わかってる」

「このことであなたの助けは必要ない。あなたにはわからないから。ずっとそうだった」

アイラがぐっと顎を引く。「ああ、これで最後にするよ。もうなにも言わない」

歩きだした背中に向かってわたしは声をかける。「彼女は嘘をついてる」

アイラが足を止め、振り返る。

「あの投稿をした子のこと。あんなの、嘘っぱちだらけ」

しばらく待ってもアイラは返事をせず、動こうともしない。ヘッドライトがまた近づき、横を通りすぎていく。

「わたしを信じる?」

アイラは首を振るが、怒りはもう感じられない。わたしを憐れんでいる。そのほうが、心配されるよりなにより悪い。

「どう信じろと?」

そう言うとアイラはコングレス通りをマンジョイ・ヒル方面へ歩きだし、少しして振り返る。「ところで、新しい部屋のことだけど。家賃が払えるのは、付きあってる相手がいるからなんだ。いっしょに暮らしてる」

後ろ向きに歩きながらアイラがこちらの顔色を窺うが、わたしは無表情を通す。ひりつく喉に唾を飲みくだし、しきりに瞬きしてアイラの姿をぼやけさせ、霧に溶けこませる。


昼まで寝ていると、ストレインの番号に設定した着信音が鳴りはじめる。夢のなかでその音が可憐なオルゴールのメロディに変わり、やさしく眠りから引きもどされたわたしは夢うつつで応答する。

「今日、会議が開かれる。連中が私の処遇を決めるはずだ」

瞬きをして目をあける。頭がぼんやりして、〝連中〟が誰なのか、すぐにはわからない。「学校のこと?」

「結論は見えている。勤続三十年の私を、ゴミみたいにポイ捨てする気だ。さっさとけりをつけたいんだ」

「まったく、とんでもない悪魔ね」

「そこまでは責められない。向こうも厳しい状況だから。悪魔と呼ぶなら、例の彼女がこしらえた話のほうだ。告発の内容をわざとあいまいにして恐怖を煽っている。まるでホラー映画だ、いまいましい」

「というか、カフカっぽい感じ」

彼が笑った気配がする。「たしかに」

「それじゃ、今日の授業はなし?」

「ああ、処分が決まるまで、校内へは立ち入り禁止だ。犯罪者の気分だよ」深いため息。「ところで、いまポートランドなんだ。会えないか」

「こっちに来てるの?」ベッドから這いだして廊下の奥のバスルームに入る。鏡に映った自分を見て胃がきゅっとなる。口もとにも目もとにも、三十代に入ったとたんに小皺が目立つようになった。

「いまも同じ部屋に？」

「いえ、引っ越した。五年前に」

一瞬の間。「道順を教えてもらえるかい」

食べかすがこびりついたままキッチンのシンクに置きっぱなしの皿が頭をよぎる。あふれたゴミ箱も、しみついた汚れも。寝室に入った彼が、洗っていない服の山やマットレス脇に並んだ空き瓶を目にするところが浮かぶ。相変わらずのだらしなさを。いつまでもこんなふうじゃだめだと言われるだろう。ヴァネッサ、もう三十二歳なんだぞ、と。

「代わりにコーヒーショップでもいい？」

ストレインは隅のテーブルにいるが、すぐには彼だとわからない。コーヒーのマグを手で包むように持った大柄な老人にしか見えない。カウンターの前を通って奥へ入り、椅子のあいだを縫ってそちらへ近づくと、相手がわたしに気づいて立ちあがる。間違いない、彼だ。がっしりとして頼もしい、百九十センチを超える山のような懐かしいその身体。わたしは両腕で抱きつき、コートをぎゅっとつかんで精いっぱい身を押しつける。すっぽりと包まれる感触は十五歳のころと変わらない。コーヒーとチョークの粉のにおい、相手の肩までしかない自分の頭。

身を離すとストレインは涙ぐんでいる。決まり悪げに眼鏡を額に押しあげて頬を拭う。

「すまない。涙もろい老人なんて、相手にするのはまっぴらだろ。きみを見て、つい……」言葉を途切れさせ、わたしの顔をしげしげと眺める。

「いいの。気にしないで」わたしの目も潤んでいる。

ふたりでごく普通の間柄のように向きあってすわる。古い知り合い同士、ひさしぶりに旧交を温めるように。彼は驚くほど老けこんでいる。すっかり白髪になっただけでなく、肌や目にも老いが刻まれている。顎ひげはなくなり、初めて目にするむきだしのその部分は、吐き気を催さずにはいられないほどたるみきっている。クラゲのように垂れた肉の重みで、顔全体が下垂している。ショックなほどの変貌ぶりだ。最後に会ってから五年、見る影もなく衰えていてもおかしくはないけれど、変わったのはテイラーの投稿以後のような気もする。悲しみのあまりひと晩で白髪になったという伝説のように。ふと、ある考えがよぎり、寒気を覚える。今回のことで彼は壊れてしまうかもしれない。死んでしまうかもしれない。

　頭を振ってその考えを押しやり、相手にというよりむしろ自分に言い聞かせる。

「丸くおさまる可能性だってあるでしょ」

「可能性はね」彼がうなずく。「だが、そうはならない」

「追いだされたとして、それってそこまで悪いこと？　引退するみたいなものでしょ。家を売ってノルンベガを離れたっていい。モンタナに帰るのは？」

「それはない。生活の場はここだ」

「旅してみたら？　本格的に休暇を楽しむの」

「休暇か」ふん、と鼻が鳴る。「かんべんしてくれ。どういう結果になるにせよ、私の名は汚され、評判は地に落ちる」

「そのうち忘れられるでしょ」

「ありえない」ちかりと光る目に気圧（けお）されて、適当に言ったわけじゃない、わたしだってあそこを追いだされたんだからと指摘したいのをこらえる。

「ヴァネッサ……」ストレインがテーブルごしに身を乗りだす。「以前、例の彼女から連絡があったと言ったね。本当に返事はしていないんだね」

　まじまじと見返す。「ええ、本当に」

「精神科医のところへはまだ通っているんだったかな」訊きたいことをぼかしたまま、彼は下唇を噛む。

精神科医ではなくセラピストだと訂正しかけて、どちらでもいいかと思いなおす。要点はそこじゃない。「彼女は知らない。あなたのことは話してない」

「そうか。よかった。それから、きみの古いブログのことだが、探してみたら――」

「もうない。何年もまえに削除したから。なんなの、質問攻め？」

「例の彼女のほかに連絡してきた相手は？」

「ほかにって？　学校関係とか？」

「わからないが、とにかくはっきりさせておきたい――」

「学校側がわたしを巻きこみたがってるってこと？」

「わからない。なにも聞かされていないんだ」

「でも、その可能性は――」

「ヴァネッサ」わたしははっと口をつぐむ。ストレインはうつむき、深呼吸をひとつしてから、ゆっくりと続ける。「向こうの思惑はわからない。とにかく、火種を残さないようにしておきたいんだ。それにきみにも……」と、ふさわしい言葉を探す。「動じないでいてほしい」

「動じない？」

彼はうなずき、言葉にはせずに目で問いかける——なにが起きようと持ちこたえられる強さがあるか。

「信用して」

恩に着る、と表情が緩み、笑みが浮かぶ。安心したように肩のこわばりが解け、視線が店内にそらされる。「きみのほうは元気かい。お母さんはどうされてる？」

わたしは肩をすくめる。母のことを話題にするたび、裏切っているような気になる。

「例の彼とはまだ会っているのか」アイラのことだ。わたしが首を横に振ると、当然だという顔でストレインはうなずき、わたしの手に触れる。「きみにふさわしい相手じゃなかったからね」

沈黙が落ちる。食器がぶつかりあう音、エスプレッソマシンのうなり、わたしの鼓動。この瞬間を、もう一度彼と間近に対面するときを、何年も思い描いてきた。いざ向きあってみると、自分の身体を抜けだして離れたテーブルから見物しているような気がする。普通の人たちのように話をしていること、わたしを見ても彼がひざまずかずにいられることに、とまどわずにいられない。

「腹は減っているかい。軽く食事でもしようか」

わたしがためらい、携帯電話で時刻を確認すると、彼は黒いスーツと金の名札に目を留める。

「ああ、仕事か。いまもあのホテルにいるようだね」

「電話して休むこともできるけど」

「いや、いいんだ」とたんに彼は不機嫌になり、椅子の背に身をあずける。なにがまずかったかは明らかだ。誘いに飛びつくべきだったのだ。ためらったのは間違いで、彼とのあいだでは、たったひとつの間違いがすべてを台無しにすることもある。

「早くあがるようにするから、夕食なら行ける」

手が振られる。「いいんだ」

「泊まってくれてもいい」それを聞いてストレインは黙りこみ、その案を吟味するようにわたしの顔に視線を走らせる。十五歳のわたしを思いだしているのだろうか、それとも最後に試した五年前のことを振り返っているのだろうか。彼の家の、フランネルのシーツが敷かれたベッドで。初めてのときを再現するためにわたしは薄っぺらいパジャマを着て、照明も暗くした。うまくいかなかった。彼は固くならなかった。わたしが年を取りすぎたから。そのあとわたしはバスルームで水を流し、手で口をふさいで泣いた。出ていくと、彼は服を着て居間にすわっていた。そのことにはそれきり互いに触れず、その後は電話のやりとりばかりになった。

「いや」静かな声で返事がある。「いいんだ、帰らないと」

「わかった」勢いよく椅子を引いたせいで床がきしむ。黒板を爪で引っかいたような音。わたしの爪で彼の黒板を引っかいたような音だ。

コートに腕を通し、バッグを肩にかけるわたしを見ながら彼が訊く。「いまの仕事に就いてどのくらいになる？」

肩をすくめたとき、口に差しこまれた彼の指と、舌に感じるチョークの粉の味が脳裏をよぎる。「さあ」ぼそりと答える。「そこそこかな」

「そろそろ潮時だ。やるなら好きなことをしないと。妥協はやめて」

「いいの。仕事だから」

「だが、きみならもっとやれたはずだ。あんなに優秀だったんだから。ぴか一だった。二十歳で小説を出版して、すべてを手に入れるにちがいないと思っていたんだ。最近はなにか書いているのかい」

わたしは首を振る。

「なんだ、もったいない。ぜひ書いてほしいね」

ぎゅっと唇を引き結ぶ。「期待外れで悪しからず」

「ほら、ふくれっ面はなしだ」ストレインは立ちあがって両手でわたしの顔を包み、囁くような声でなだめる。「じきに泊まりに来るから。約束する」

別れぎわ、わたしたちが唇を閉じたままのキスを交わしても、カウンターのバリスタは瓶のチップを数えるのをやめず、窓際の老人もクロスワードパズルの手を止めない。昔は彼がわたしにキスしようものなら噂に火が点き、たちまち知れわたっていたはずだ。いまは触れあっても気づかれもしない。自由を得たはずなのに、喪失にしか感じられない。

仕事を終えて帰ると、わたしは携帯電話を手にベッドに入り、テイラー・バーチがストレインへの告発を投稿するまえに送ってきたメッセージを読み返す。〝こんにちは、ヴァネッサ。わたしのことは知らないかもしれませんが、あなたとわたしは同じ経験を共有する特殊な関係にあります。わたしにとってそれはトラウマになっていて、あなたも同じではないかと思っています〟。ウィンドウを閉じてテイラーのプロフィールを表示させるが、新しい投稿は見あたらないので、過去のコンテンツをさかのぼる。サンフランシスコ旅行の写真が現れる。名物のミッションスタイル・ブリトーを頬張るところ、ゴールデンゲートブリッジを背景にした自撮り。自宅アパートメントで撮ったものもあり、クラッシュベルベットのソファに、ぴかぴかの木の床、観葉植物が写っている。さらにスクロールして古い写真を表示させる。ウィメンズマーチでピンクのプッシーハットをかぶったところ、顔と同じくらいの大きさのドーナツにかぶりつく姿。町なかのバーで友達とポーズをとった一枚には、〝ブロウィック校の同窓会で！〟とキャプションが添えられている。

相手の目にはわたしがどう映るのだろう、そう思って自分のプロフィールに移動する。テイラーにチェックされているのは知っている。一年前、わたしの写真に彼女の〝いいね！〟がついた。うっかりダブルタップしたらしく、すぐに取り消されたものの、通知でわかった。スクリーンショットを撮って、〝彼女、気になってるみたい〟と添えてストレインに送ったところ、返信はなかった。ＳＮＳでの振る舞いが持つニュアンスには無関心だからだ。こちらを覗き見する相手の尻尾をつかんだときの、勝ち誇りたくなるような気持ちにも。あるいは、そもそもわたしのメッセージが理解できなかったのかもしれない。彼がかなりの年だということをときどき忘れてしまう。昔はわたしが年を重ねるにつれてふたりの差は縮むような気がしていたけれど、隔たりは変わらずそこにある。

何時間も携帯をいじり、やがて昔から使っている写真管理サービスのアカウントにログインして年代をさかのぼる。二〇一七年、二〇一〇年、二〇〇七年、そして二〇〇二年——初めてデジタルカメラを買い、十七歳になった年だ。探していた何枚かの写真がようやく表示されたとたん、はっと息を呑む。髪をおさげにし、ノースリーブのワンピースにニーソックスのわたしがカバノキの木立の前に立っている。そのうちの一枚では、スカートの裾を持ちあげて青白い太腿を覗かせている。別の一枚ではカメラから顔を背け、後ろを振りむいている。画質は粗いが、それでも十分にきれいで、背景のモノクロームのカバノキが、ピンクと青のワンピースとわたしの赤銅色の髪を引きたてている。

ストレインとの直近のやりとりを表示させ、新しいメッセージに写真をコピー&ペーストする。〝いままで見せてなかったかなと思って。十七歳だと思う〟何時間もまえに相手が寝床に入っているのは知りながら、〝送信〟をタップしてメッセージが送られるのを見届ける。画面をスワイプして十代のわたしの顔や身体をひたすら眺めているうちに夜が明ける。ときどきストレイン宛てのメッセージが〝送信済み〟から〝既読〟に変わっていないかとたしかめる。たまたま夜中に目を覚まして、寝ぼけまなこで携帯電話をチェックし、そこに十代のわたしを、デジタルの幽霊を発見するかもしれない。あの子を忘れないでほしい。

何度も連絡をとるのはそのためなのかもしれないとたまに思う。彼に付きまとい、過去に引きもどし、あのときのことはなんだったのかとあらためて尋ねて、きちんと理解させてほしいのだ。わたしはここに囚われたままだから。前に進めずに。

二〇〇〇年

月に一度、金曜日に食堂でダンスパーティーが開かれた。取りはらわれたテーブル、暗くされた照明、どこの高校でも見かける光景だ。プロのＤＪも来て、大勢が中央でひしめきあうように踊り、内気な生徒たちは男女別に数人ずつ固まって、それを遠巻きに眺める。教師も何人か来て監督役を務めるものの、ただ歩きまわっているだけで、生徒よりも同僚に気を取られがちだった。

ハロウィンのダンスパーティーではみんな仮装をし、出入り口にはキャンディの入ったばかでかいバケツがいくつも並べられた。大半の仮装はいいかげんで、男子生徒はジーンズと白いＴシャツでジェームズ・ディーン、女子はミニのプリーツスカートとツインテールでブリトニー・スピアーズがお決まりのパターンだったが、なかには町で調達した材料でこしらえた力作もあった。女の子のひとりはとげとげの翼と青緑色のウロコの尾が生えたドラゴンの姿で練り歩き、スプレー塗料のにおいがぷんぷんする段ボールの甲冑を着た騎士役のボーイフレンドを従えていた。ビル・クリントンのゴムマスクとスーツの男の子は、偽物の葉巻を女の子たちにちらつかせてげらげら笑っていた。わたしはといえば、なんとなく猫の仮装を選んで、黒いワンピースに黒タイツを穿き、ひげを描いて段ボールの耳をこしらえるだけですませた。ものの十分で。来たのはただ、ストレイン先生に会うためだった。監督役にあたっているからだ。

それまで、ダンスパーティーにはほとんど出たことがなかった。趣味の悪い音楽にも、毛先をブリーチしたツンツンの髪とヤギひげのみっともないDJにも、いちゃつくカップルを見て見ぬふりする生徒たちにもうんざりだった。我慢してそこにいるのは、一週間ぶりだからだ。ストレイン先生がわたしに触れた日から、まる一週間が過ぎた。わたしの膝に触れて、われわれは似た者同士なんだ、ふたりとも黒い翳(かげ)のようなものに惹かれるんだと囁いたあの日から。そのあとは？　なにもなし。授業でわたしが発言すると、先生は目を合わせまいとするようにテーブルに視線を落とした。文芸部の会合のときは、持ち物をまとめてジェスとわたしを置き去りにし（「職員会議があるんだ」と説明されたけれど、もしそうならなぜコートを着て持ち物をブリーフケースにしまう必要が？）、また別の日は、オフィスアワーに訪ねてみるとドアに鍵がかかっていて、磨りガラスの奥の教室は暗かった。

だからわたしは痺れを切らし、思いつめてさえいた。なにか起きるのが待ちきれず、薄暗い空間で生徒と教師がひしめきあい、一時的に境界があいまいになるようなこういったイベントでなら、なにかありそうだと期待していた。それがなにかはあまり考えていなかった。どこかに触れられるとか、褒めてもらうとか。とにかく、先生がなにを望んでいるのか、いまなにが起きているのか、そもそもなにか起きているのか、それさえはっきりすればなんでもよかった。

わたしは食べきりサイズのチョコレートバーをかじりながら、水に浮かぶ空き瓶のようにスローナンバーに合わせてゆらゆらと漂うカップルたちを眺めていた。やがて、ジェニーがつかつかとこちらへ近づいてきた。キモノに見えなくもないサテンのドレス、短いポニーテールに挿した箸。なにか用だろうかと一瞬思い、溶けかけたチョコレートを口に含んだまま身をこわばらせたが、すぐに後ろから普段着のトムが現れた。ジーンズにベックのバンドTシャツ。仮装するふりさえしていない。トムが肩に触れるとジェニーはさっと身を引いた。音楽がうるさすぎて立ち聞きできないが、ふたりが大喧嘩の最中なのは明らかだった。ジェニーが口もとを震わせ、ぎゅっと目をつぶった。トムに腕をつかまれると、片手で胸を突き飛ばしてよろけさせた。ふたりの喧嘩を見るのは初めてだった。

すっかり気を取られていて、ストレイン先生がドアから出ていくのを見逃しかけた。危なく逃げられるところだった。

外は月もない闇夜で、凍えるほど寒かった。背後でドアが閉じると音楽はくぐもり、聞こえるのは鼓動のようなベースラインとかすかなボーカルだけになった。わたしはあたりを見まわした。両腕に鳥肌を立てながら先生を目で探したが、見えるのは木々の影と誰もいない芝生だけだ。あきらめてなかへ戻ろうとしたとき、トウヒの陰から誰かが現れた。ストレイン先生だ。ダウンベストとフランネルシャツにジーンズ、火の点いていない煙草を指にはさんでいる。

どうすべきか迷い、わたしはその場に立ちつくした。先生は煙草を手にしたところを見られてばつが悪そうだった。それでぴんと来た——こっそり吸いに来たのだ、父が夕方に湖岸に出てそうするように。禁煙したいのにできない自分を、弱い人間だと感じているのだろう。恥ずべきことだと思っているのだ。

でも恥ずかしいなら、隠れたままでもよかったはず。わたしが行ってしまうまで待つこともできたはずだ。

先生は親指と人差し指ではさんだ煙草をまわした。「見つかってしまったな」

「出ていくのが見えて、挨拶しようと思ったんです」

先生はポケットからライターを出しててのひらで何度かひっくり返した。わたしを見つめたまま。そのとき悟った。なにか起きる。それが確信に変わると、鼓動が落ち着き、肩の力も抜けた。

先生は煙草に火を点けて、トウヒの陰に入ろうと身振りで示した。それはおそらく校内一の大木で、いちばん低い枝でさえわたしたちのはるか頭上にあった。最初のうち、暗がりのなかで見えるのは、先生が口に運ぶ煙草の赤い火先だけだった。目が慣れるにつれて先生の姿が浮かびあがり、頭上の枝ぶりや、足もとの茶色く枯れた針状葉の絨毯も見えてきた。

「煙草なんて吸うもんじゃない。悪癖そのものだ」ストレイン先生が息を吐くと、煙草のにおいがわたしの頭を満たした。ふたりのあいだは一・五メートルほど。その距離がひどく危険に思え、もっとそばに寄ったことが幾度もあるのが不思議に思えた。

「でも、気分はいいんでしょ。でなきゃ、吸う意味がないんじゃ？」

先生は笑って、もうひと吸いする。「たしかにね」こちらを見て、初めてわたしの仮装に目を留めた。「おやおや。かわいらしい仔猫ちゃん（プッシー・キャット）だね」

性的な意味ではないにしろ、おまんこ（プッシー）という言葉を先生の口から聞いた驚きでわたし噴きだした。でも、先生は笑わなかった。煙をあげる煙草を手にしたまま、わたしをじっと見つめている。

「いまなにをしたいかわかるかい」いつもより抑揚のない早口でそう言い、煙草の先をわたしに向けるときに身体をぐらつかせた。「きみを大きなベッドに寝かせて布団を掛け、おやすみのキスをしてあげたいんだ」

そのとたん、ショック死したように脳が完全にショートした。空白の時間が流れる。画面の砂嵐のような、ノイズの壁のような。やがて、笑い声でも泣き声でもない、しゃがれてくぐもった声をひとつあげて、わたしは息を吹き返した。

食堂のドアが開いてダンスミュージックがあふれだした。その音にまぎれて、女の人の声がした。「ジェイク？」

とたんに時間が流れだした。ストレイン先生はくるりと背を向けて、地面に捨てた煙草を踏み消しもせずに声のしたほうへ足早に引き返した。先生がトンプスン先生のそばにたどりつくまで、わたしは煙のあがる煙草を見つめていた。

「ひと息入れたくてね」ふたりは食堂に入っていった。出てきたとき先生がしていたように木の陰に隠れていたので、トンプスン先生はわたしに気づかなかった。

くすぶる煙草を見下ろしながら、それを拾って口にくわえようかと思ったけれど、代わりに踵で踏みつぶした。食堂に戻ると、ディアナ・パーキンズとルーシー・サマーズがナルゲンボトルに入った飲み物をラッパ飲みしながら、みんなの仮装を片っ端から品評していた。ストレイン先生は一メートルと離れていないところに立ったトンプスン先生のほうをずっと見ている。ジェニーとトムは仲直りしたらしく、隅っこで寄り添って立っている。ジェニーがトムの肩に両腕を巻きつけて首もとに顔をうずめた。その仕草がひどく親密で大人っぽく見え、思わず目をそらした。

ディアナとルーシーがナルゲンボトルを相手に手渡すたび、中身がちゃぽんと音を立てている。ボトルに口をつけたディアナがわたしの視線に気づいた。「なに？」

「ちょっと飲ませて」

ルーシーがボトルに手を伸ばす。「悪いけど、ちょっとしかないし」

「くれないなら言いつけてやる」

「ふざけないで」

ディアナが手を振って言った。「飲ませてあげたら」

ルーシーがため息をつき、ボトルを差しだした。「ひと口だけだからね」

想像以上にきついアルコールが喉を焼き、むせた。漫画みたいに。ディアナもルーシーも遠慮なく大笑いした。ふたりにボトルを突き返し、わたしは憤然と食堂を飛びだした。ストレイン先生にわたしの様子に気づいてもらい、怒りのわけと自分の望みをわかってもらいたかった。追いかけてくるかと外で待ってみたけれど、来なかった。来ないに決まっている。

グールド寮に戻ると、寮内はひっそりとして誰もいなかった。どの部屋のドアも閉まっている。みんなまだ食堂にいるのだ。

わたしは廊下の奥にある寮監室のドアをにらみつけた。トンプスン先生が声をかけさえしなければ、なにか起きていたはずなのに。ストレイン先生はわたしにキスしたいと言った。本当にしていたかもしれない。仮装姿のまま、わたしは寮監室のドアに向かって歩きだした。いまこの瞬間、ストレイン先生はあの人を笑わせているかもしれない。パーティーのあと、ふたりでストレイン先生の家へ行ってセックスするかもしれない。ストレイン先生はわたしのことを話に出して、外まで追いかけてきたから機嫌をとっただけさと言うかもしれない。あなたにお熱なのよ、とトンプスン先生は冷やかすだろう。最初から頭のなかにあったかのように、そんなやりとりがふと浮かんだ。

寮監室のドアに掛けられたホワイトボードに近づき、備えつけられたマーカーをひっつかんだ。ここ一週間の連絡事項が書かれたままだ。寮のミーティングの日時、寮監室でのスパゲッティ・ディナーのお知らせ。わたしはひと拭いでそれを消し、ボードいっぱいにでかでかと〝クソ女〟と書きつけた。

その夜、ダンスパーティーのあとで初雪が降り、キャンパスは十センチもの積雪に覆われた。土曜日の朝、トンプスン先生が寮生全員を談話室に集め、ドアに〝クソ女〟と書いた犯人をつきとめようとした。「怒ってはいません。ただ、わけがわからなくて」

耳の奥で鳴り響く鼓動を聞きながら、わたしは膝の上で両手を握りしめ、顔が真っ赤になっていませんようにと祈った。

数分のあいだ黙って待ったあと、トンプスン先生はあきらめた。「これ以上の追及はやめましょう。ただし、二度としないこと。いいですね」

そして返事を促すようにうなずいた。二階の居室へ引き返しながら振り返ると、トンプスン先生は両手を顔に押しあて、空っぽになった談話室の中央に立ちつくしていた。

日曜日の午後、寮監室の前へ行ってホワイトボードに目をやると、〝クソ女〟の文字がうっすらと残っていた。わたしは後ろめたかった。罪を告白する気にはなれないものの、なにか償いをしたいと思うほどには。ドアをあけたトンプスン先生は、スウェットパンツとブロウィック校のパーカー姿だった。ひっつめ髪にノーメイク、頬にはにきび跡。ストレイン先生はこの姿を見たことがあるんだろうか。

「どうかした？」

「マイアを散歩に連れていっても？」

「まあすてき、きっと大喜びね」トンプスン先生が振り返ってハスキー犬の名前を呼んだときには、すでにマイアは飛んできていた。〝散歩〟という言葉に反応して耳をぴんと立て、青い目を見開いている。

じきに暗くなるから気をつけてというトンプスン先生の注意を聞きながら、わたしはマイアのハーネスを頭からかぶせ、リードを留めた。「遠くへは行かないので」

「それと、走りまわらせないでね」

「はい、わかってます」前回散歩に連れだしたとき、遊ばせてあげようとリードを外したとたん、マイアは美術科棟の裏庭にすっ飛んでいき、肥料の上で転げまわったのだ。

ひと晩のうちに気温が十度まで上がり、雪はすっかり解けて、ぬかるんだ地面はすべりやすかった。運動場の外周ぞいの道を歩くあいだ、リードを長く伸ばしておいたので、マイアは右へ左へと駆けまわりながら、しきりににおいを嗅いだ。わたしはマイアがお気に入りだった。それまで見たこともないほど美しい犬で、背中をごしごし撫でると指の第二関節まで埋まってしまうほど、ふかふかの毛並みをしていた。なによりも好きなのは、気難しいところだった。自分がボスだと思っているのだ。気に入らないことがあると、ひと声吠えて文句を言う。ほかの誰にも懐かないので、あなたには犬に好かれる特別な才能があるのねとトンプスン先生には言われていた。でも、犬の心をつかむのなんて簡単だ、人間の心に比べればずっと。犬に好かれるには、ポケットにおやつをしのばせておいて、耳の後ろや尻尾の付け根を撫でてやるだけでいい。放っておいてほしいときは、ごまかしたりせず、ちゃんと伝えてくれる。

　サッカーグラウンドのところで、行く手が三本の小道に分かれていた。一本はキャンパスへ戻り、二本目は森へ、三本目は町へと続いている。トンプスン先生には遠くへ行かないと約束したものの、わたしは三本目の道を進んだ。

　町なかの店先には感謝祭に備えて人工のカエデの葉や豊穣の角（コルヌコピア）が飾りつけられ、パン屋には早くもクリスマスの電飾が吊るされていた。マイアに引っぱられながら、わたしはショーウィンドウの前を通るたびに二秒ずつ映しだされる自分の姿をチェックした。髪をなびかせたわたしは、美しいようにも、醜いようにも見えた。公共図書館の前まで来て足を止めた。マイアが青い瞳の脇に白目を覗かせて、じれったそうに振り返る。わたしは突っ立ったまま通りの反対側を見つめた。ストレイン先生の家はきっとここだ。想像していたより小ぢんまりしている。灰色がかった杉板葺きの屋根、ダークブルーのドア。マイアがにじり寄り、頭をわたしの脚にぶつけた。行こうってば。

もちろん、三本目の道を選んだのも、散歩に出るためにトンプスン先生に犬を借りたのもこのためだった。家の前を通りかかったときに、たまたまストレイン先生が出てこないかと期待したのだ。わたしに気づいて先生は声をかけ、なぜトンプスン先生の飼い犬を散歩させているのかと尋ねるはず。小さな前庭の芝生に立ってふたりで少し話をしていると、そのうち家のなかに招き入れられる。そこで想像は途切れる。それからどうするかは先生の望み次第で、先生の望みがなんなのか、見当もつかないからだ。

家の外に先生の姿はなく、室内にもいないようだった。窓の奥は暗く私道に車もない。どこにいるのか、どんな生活を送っているのか、癪に障るほどなにも知らない。

わたしはマイアを引っぱって図書館の階段を上までのぼった。ここなら人目につかずに通りを見張ることができる。食堂のサラダバーでくすねたベーコンビッツをマイアに食べさせながら、茜色の夕日が沈みはじめるまでそこにすわっていた。犬がいるから、どのみち家には入れてもらえないかもしれない。犬が苦手だと聞いたのを忘れていた。でも、先生がトンプスン先生となにかあるなら、マイアを好きなふりくらいはしているはずだ。でないと、トンプスン先生がやましい思いをすることになる。自分の犬を嫌っている相手と付きあうのは、とんでもない裏切りだからだ。

すっかり暗くなりかけたころ、四角い青のステーションワゴンが私道に乗り入れた。エンジンが切れ、運転席のドアが開き、ストレイン先生が現れた。着ているのは金曜日のハロウィンパーティーで見たのと同じフランネルシャツとジーンズ。先生が買い物袋を車の荷室から玄関前の階段まで運ぶのを、わたしは息を詰めて見守った。ドアの前で先生が鍵を挿しこむのに手間取るあいだに、マイアが不満げに鼻を鳴らしておやつをねだった。こっそりつかんで与えるとマイアは一気に平らげた。てのひらを舐められながら、わたしは小さなソルトボックス・スタイルの家の窓明かりが灯るのを眺め、部屋から部屋へと歩きまわる先生を思った。

月曜日の授業のあと、わたしはわざとゆっくり帰り支度をした。みんなが教室からいなくなるとバックパックを肩にかけて、できるだけなにげない声で言った。「家は公共図書館の向かいなんですよね」

机の奥にいるストレイン先生は驚いてわたしを見上げた。「なんで知っているんだい」

「まえに先生から聞いたので」

しげしげと見つめられ、それが続くにつれて、なにげないふりが難しくなってくる。無表情を保とうと、唇をぎゅっと結んだ。

「覚えがないな」

「ほんとに聞きました。じゃないと知るはずがないでしょ」むっとしたようなきつい声になり、先生が少し驚いたのがわかった。それでも、基本的には面白がっていて、わたしのいらだちもかわいいと思っているようだ。「見に行ってみたと言ったら？　どんなところかたしかめに」

「そうなのかい」

「怒ってます？」

「いや、まったく。うれしいよ」

「買ってきたものを車から降ろすのを見ました」

「へえ、いつ？」

「昨日」

「私を見ていたんだね」

わたしはうなずいた。

「そばへ来て声をかけてくれたらよかったのに」

わたしは眉をひそめた。そんなことを言われるとは思ってもいなかった。「誰かに見られたら？」

先生はにっこりして首をかしげた。「挨拶するところを見られたら困るのかい」

わたしは奥歯を噛みしめて鼻息を荒くした。先生はわざととぼけている。鈍いふりをしてわたしをからかっているのだ。

笑みを浮かべたまま、先生は椅子の背に身をあずけた。ゆったりともたれ、脚を組んで、わたしを見物して楽しむように上から下まで眺めまわす。そんな様子を見て、わたしのなかで怒りの炎がぱっと燃えあがった。わめきたて、詰め寄り、机の上のハーヴァード大学のマグカップをひっつかんで顔に投げつけてしまわないよう、拳(こぶし)を握りしめた。

くるりと背を向け、わたしは憤然と教室から廊下へ飛びだした。グールド寮に戻るまで怒りっぱなしだったが、部屋に入ると憤りは消え、あとに残ったのは、どういうことなのか知りたいという、何週間も感じている鈍い疼きだけだった。先生はわたしにキスしたいと言った。触りもした。ふたりのやりとりのすべてに、いまや破滅的な気配が漂っているのに、先生がそうでないふりをするのはずるい。

＊

学期中間の幾何学の成績はＤプラスだった。イタリア料理店での月に一度のミーティングで、アントノヴァ先生がそれを発表したとき、全員の目がわたしに集中した。自分が呼ばれたことに最初は気づかなかった。パンをせっせと千切って指のあいだで丸めながら、ぼんやりしていたからだ。

「ヴァ、ヴァ、ヴァネッサ」アントノヴァ先生は拳の関節でこつこつとテーブルを叩いた。「Ｄプラス」

目を上げると視線が集まり、アントノヴァ先生が担当科目の成績表を掲げていた。

「なら、これ以上は下がりようがないですね」とわたしは言った。

アントノヴァ先生は眼鏡越しの上目遣いでわたしを見据えた。「下がりますとも。

落第だってありえます」

「落第なんてしません」

「そのためにはなにかしないと。個別指導を受けなさい。手配しておきます」

次の生徒が指名されるのを聞きながら、わたしはうつむいてテーブルをにらみつけた。個別指導を受けると考えると胃がきゅっとした。指導は教員のオフィスアワーと同じ時間帯に行われるから、ストレイン先生との時間が短くなってしまう。スペイン語の成績で同じことを言い渡されたカイル・グインが同情混じりの笑みを送ってきたので、わたしは顎がテーブルにつきそうなほど深く椅子に身を沈めた。

キャンパスに戻ると、グールド寮の談話室はいっぱいで、テレビで大統領選挙の開票速報が流れていた。わたしはソファのひとつに身を押しこんで、投票が締め切られた州がふたつの欄に振り分けられるところを見守った。「バーモント州はゴアが勝利」とキャスターが告げた。「ケンタッキー州はブッシュへ」途中でラルフ・ネーダーが画面に映しだされたときにはディアナとルーシーが喝采し、そのあとブッシュが現れると、誰もがブーイングを送った。午後十時まではゴアの勝利が確実に見えたものの、やがてフロリダ州が〝僅差のため未確定〟に戻されると告げられ、うんざりしたわたしは見るのをやめてベッドに入った。

はじめのうち、なかなか勝敗がつかない選挙を誰もが冗談の種にしたが、フロリダ州が票数の再集計に突入すると、笑いごとではなくなった。一日の大半を机に足を上げて過ごすシェルドン先生でさえ、がぜん活気を取りもどし、黒板に蜘蛛の巣に似た図を描いて、民主主義の崩壊を招くさまざまな可能性について力説した。ある日の授業では、パンチカード方式の投票用紙の穿孔くず（チャド）の呼び名を片っ端から挙げ——宙ぶらりん（ハンギング）のチャド、太った（ファット）チャド、妊娠（プレグナント）チャド——そのあいだわたしたちは、チャド・ギャニオンのほうを盗み見ながら笑いをこらえていた。

そのころアメリカ文学の授業では『マクリーンの川』を読み、ストレイン先生から故郷のモンタナの話を聞いた。牧場に、本物のカウボーイ、犬を餌食にするハイイログマ、日差しをさえぎるほど高い山々。少年だったころの先生を想像しようとしても、髭のない顔さえ思い浮かばなかった。『マクリーンの川』の次の教材はロバート・フロストの詩で、ストレイン先生は「選ばれざる道」を暗唱した。これは気持ちを高揚させるような詩ではない、フロストがここにこめたメッセージはあまりに誤解されていると先生は言った。これはみずから険しい道を選ぶことを称える詩ではなく、むしろ選択の無意味さを皮肉に表現したものなのだと。生きるとは、体内の時計が最期の瞬間を刻むまで、いたずらに時を過ごすことにすぎない。人生には無限の可能性があると信じることで、われわれはその恐るべき事実から目をそらしているのだと先生は続けた。

「人は生まれ、生き、死ぬ。その途中でさまざまな選択をし、日々思い悩むが、結局のところ、そのすべてが無意味だということだ」

誰ひとり異議を唱えようとはしなかった。敬虔なカトリック教徒で、人の行いが行く末を大いに左右すると信じているはずのハナ・レヴェスクでさえ、ショックを受けたように小さく口をあけて先生を見つめているだけだった。

次にストレイン先生は、フロストの「種をまく」の詩をコピーしたものを配って黙読させ、それがすむと、もう一度読みなおすようにと告げた。「ただし今回はセックスのことを念頭に置いて読んでみよう」

その意味が伝わり、怪訝(けげん)そうな顔が赤く染まるまでに少し間があった。やがて、見るからにとまどった生徒たちをストレイン先生が笑顔で見渡した。

わたしだけはとまどっていなかった。セックスという言葉にぴしゃりと頬を張られ、身体がかっと熱くなった。たぶんこれは、わたしに向けられたものだ。これが先生の次の一手なのだ。

「これはセックスについての詩だということですか」ジェニーが質問した。

「いや、注意深く、先入観を持たずに読んでみることに意味があると言いたいんだ。それにはっきり言って、誰もがじっくり考えたことがあるはずのテーマだからね。それでは、はじめ」先生は開始の合図に手を叩いた。

セックスを念頭に置いてもう一度読んでみると、たしかに一度目には気づかなかった細部の描写に目が留まった。白くやわらかな花びら、なめらかな豆、皺(しわ)のあるエンドウ、そして最後の、弓なりになった身体のイメージ。〝種をまく〟というフレーズにも明らかに示唆されている。

「さて、どう思った?」ストレイン先生は黒板の前に脚を交差させて立った。誰も発言しなかったが、その沈黙が先生の正しさを証明していた。この詩はやはりセックスを詠(うた)ったものだと。

ストレイン先生は返事を待ちながら教室を見まわしたが、わたしとは目を合わせなかった。トムが発言しようと息を吸いこんだとき、ベルが鳴って、先生はわたしたちに失望したように首を振った。

「みんなくそ真面目だな」そう言って手振りで終了を告げた。

教室を出て廊下を歩きだしたとき、「まったく、なんだったんだよ」とトムが言った。「あの人、とんでもないミソジニストなんだって。姉さんから聞いた」決めつけるようなジェニーの口調に、わたしは怒りを覚えた。

放課後、ジェスが文芸部に顔を見せず、ストレイン先生とふたりきりの教室はひどく広く感じられた。テーブルについたわたしと机のところにいる先生は、広大な大陸に隔てられたみたいに遠くから目と目を見交わした。

「今日はあまりしてもらうことがないんだ。部誌の編集作業は順調だしね。ジェスが来たら原稿整理に入ろう」

「帰ったほうが？」

「ここにいたくなければね」

いたいに決まっている。わたしはバックパックからノートを取りだし、まえの晩にひととおり仕上げた詩のページを開いた。

「今日の授業はどうだった？」先生が訊いた。低く傾いた日差しが、葉の落ちたカエデの枝ごしに教室へ注いでいた。机の奥にいるストレイン先生の姿は影になっている。

わたしが答えるより先に、先生が続けた。「きみの表情を見て、気になってね。びっくりした仔鹿みたいだった。ほかの生徒たちはとやかく言うだろうが、きみは違うと思ったんだがね」

ということは、わたしのことも見ていたのだ。とやかく言う。ジェニーが先生のことをミソジニストと呼んだのを思いだした。なんて視野が狭くて平凡なんだろう。わたしは違う。あんなふうには絶対にならない。

「わたしは平気です。授業、面白かった」いつもの微笑ましそうな表情が見られないかと、わたしは目の上に手をかざした。何週間もその笑顔を見ていなかった。

「安心したよ。きみのことを誤解していたんではと心配でね」

　重大なミスを犯すところだった、そう考えて息が詰まった。わたしがひとつでも反応を間違えば、すべてが台無しになってしまう。

　そのとき、先生が手を下に伸ばして最下段の抽斗をあけ、本を取りだしたので、わたしは犬みたいにぴんと耳を立てた。パブロフの犬。去年の春、心理学の選択授業で習った。

「わたしに？」

　どうかな、というように眉がひそめられた。「持っていくなら、私が渡したことは誰にも言わないと約束してほしい」

　わたしは首を伸ばして書名を読みとろうとした。「禁書かなにかですか」

　先生は笑った。わたしがシルヴィア・プラスのことを自己陶酔的だと言ったときと同じように、声をあげて。「ヴァネッサ、どうやってそんなに完璧な答えを思いつけるんだい、理解していないことに対してまで」

それを聞いてわたしはむっとした。わたしに理解できないことがあると思っているなんて。「なんの本ですか」

本がこちらに向けられたが、表紙は下になったままだ。テーブルに置かれるやいなや、わたしはそれをひっつかんだ。表に返すとほっそりした両脚が現れた。くるぶし丈のソックスとサドルシューズ、骨ばった膝頭があらわになったプリーツスカート。その脚に交差する形で、白い大きな文字が記されている――〝ロリータ〟。聞き覚えのある言葉だ。たしかフィオナ・アップルについての記事で、セクシーで早熟なフィオナを〝ロリータ的〟と評したものがあった。禁書なのかと訊いたときに先生が笑ったわけがやっとわかった。

「詩集じゃないが、詩的な散文だ。少なくとも、文章は気に入ると思う」

先生の視線を感じながら、わたしは本を裏返して内容紹介に目を通した。これが次のテストなのは間違いない。

「面白そう」本をバックパックに突っこんで自分のノートに向きなおった。「どうも」

「感想を聞かせてくれるね」

「ええ」

「持っているところを誰かに見られたら、くれぐれも私からだとは言わないように」

目で天井を仰いで、わたしは答えた。「秘密の守り方くらい知ってます」かならずしも真実とは言えないものの――先生とのことがはじまるまで、本物の秘密など持ったことがなかったから――そう答えるべきなのはわかっていた。先生の言うとおり、わたしはいつだって完璧な答えを思いつけるのだから。

＊

感謝祭の休暇。五日のあいだ、お湯が出なくなるまで思うぞんぶんシャワーを浴びたり、寝室のドア裏の全身鏡で自分の姿をしげしげと眺めたり、母に毛抜きを取りあげられるほどせっせと眉毛を抜いたり、父と同じくらい仔犬に懐かれようとあれこれ試したりして過ごした。鮮やかなオレンジ色の安全ベストを着て毎日散歩に出かけ、湖を見下ろす花崗岩の崖にものぼった。崖の岩肌には裂け目のような洞穴が点在し、鷹の巣や、動物たちの隠れ家になっていた。

いちばん大きな洞穴には、軍用の折りたたみベッドが置かれていた。大昔のロッククライマーの忘れ物だろうか、物心ついたときにはすでにそこにあった。金属のフレームとぼろぼろのキャンバス地のベッドを眺めながら、授業の初日にストレイン先生がホエールズ・バック湖を知っていて、訪れたこともあると言ったのを思いだした。いまここで先生がわたしを見つけたらどうするだろう。ひとりきりで、森の奥深くにいるところを。ここなら見つかる心配もなく、わたしを好きにできる。

夜にはベッドでクラッカーをひと箱ぺろりと平らげながら、両親がドアをあけても表紙を見られないように枕を盾にして『ロリータ』を読んだ。風が窓ガラスを揺らす音を聞きながらページを繰っていると、身体の奥でじわじわとなにかが燃えるのを感じた。熱した石炭か、真っ赤な熾火(おきび)が。それは話の内容のせいだけではなかった。平凡に見えながらじつは命取りの悪魔である少女と、彼女を愛する男の話だからというだけではなく、その本を先生がくれたからだった。ふたりのしていることにまったく新しい文脈が生まれ、先生がわたしになにを求めているのかを、新しい目で見通せるようになった。どう考えても答えはほかにない。先生はハンバートで、わたしはドロレスだ。

感謝祭当日、ミリノケットにある祖父母の家を家族で訪れた。そこは一九七五年からなにも変わらず、毛足の長いラグも、輝く太陽をかたどったサンバースト・クロックも元のままだった。オーブンで七面鳥を焼いていても嗅ぎとれる煙草とコーヒーリキュールのにおいも同じだ。祖父がウエハース菓子と五ドル札をくれた。祖母は太ったんじゃないと訊いた。夕食には七面鳥に根菜と市販のロールパンが添えられ、父はレモンメレンゲパイの焦げた角を誰も見ていないあいだにこそげとった。
帰り道、車は霜の盛り上がりや陥没に揺られ、道路の両脇には漆黒の森がはてしなく広がっていた。ラジオからは七〇、八〇年代のヒット曲が流れ、ウィンドウに頭をつけて眠る母の横で、父は〈マイ・シャローナ〉に合わせて指先でハンドルを叩いた。〝頭は下心でいっぱい／若い娘に触ったら、いつだってびんびんさ〟。繰り返されるボーカルにのってビートを刻む父の指をわたしは眺めていた。歌詞の内容をわかっているんだろうか、どんな歌に合わせてハミングしているのかを。若い娘に触ったらびんびんさ。誰も気にしないことにまで気づいてしまうわたしは、聞いているだけでおかしくなりそうだった。

感謝祭の休暇から戻った夜、食堂のテーブルの端にぽつんとすわって夕食をとっていると、数席離れたところでルーシーとディアナが人気のある十二年生の女子生徒の噂話をしていた。ハロウィンのダンスパーティーでドラッグをやったという。オーブリー・デイナがなんのドラッグかと訊いた。

ディアナは少しためらってから答えた。「コークだって」

オーブリーが首を振った。「ここじゃ誰もコークなんて持ってないでしょ」

ディアナは反論しなかった。オーブリーはニューヨーク出身で一目置かれているのだ。

一分ほどして、それが炭酸飲料ではなくコカインのことだとようやくわたしは気づいた。いつもなら田舎者の自分が恥ずかしくなるのに、そんなゴシップがすでにくだらなく思えた。誰かがパーティーでドラッグをやったからってなに？　もっとましな話題はないの？　わたしはピーナッツバターサンドに目を落として心を遠ざけ、読み返したばかりの『ロリータ』の結末に没入した。ラストシーン近くで血にまみれ、呆然となったハンバートはまだロリータを愛している。あれほど傷つけられ、傷つけたあとでも。ロリータに対するハンバートの思いは終わりのない、抑えがたいものだ。そうでないはずはない、そのせいで世間から目の敵（かたき）にされるのだから。愛を断ち切れるものなら、断ち切っていたはずだ。ロリータに関わらなければ、ハンバートの人生はずっと平穏なものだった。

サンドイッチのパン屑を拾いながら、わたしはストレイン先生の身になっていまの状況を捉えようとした。先生はきっと不安なはず、いや、怯えているはずだ。これまでは自分のいらだちともどかしさで頭がいっぱいで、先生がどんなに危ない立場にあるか、わたしの膝に触れ、キスしたいと口にすることで、すでにどれだけの危険を冒しているか、考えてみたこともなかった。わたしがどんな反応をするか先生は予想できなかった。もしもわたしが不快に思って、告げ口していたら？　これまでずっと、先生は勇敢で、わたしは身勝手だったのかもしれない。

そもそも、わたしにどんなリスクがあるというのか。こちらから近づいて拒否されたとしても、せいぜいちょっと傷つくだけだ。たいしたことじゃない。日常はなにごともなく続いていく。いまでさえ危うい先生の立場をもっと危うくすることを望むなんてフェアじゃない。せめて、同じだけ歩み寄り、自分の望みを伝えて、わたしも目の敵にされたってかまわないと伝えないと。

部屋に戻ってベッドに寝転がり、『ロリータ』をぱらぱらとめくって、探していた一行を十七ページに見つけた。ハンバートが平凡な少女たちのなかに隠れたニンフェットの特徴を説明するくだりだ。〝彼女は目立つことなく立っていて、途方もない力を持っていることに自分でも気づいていない〟

わたしには力がある。ことを起こす力が。先生を惹きつける力が。いままで気づかなかったなんて、ばかだ。

アメリカ文学の授業のまえに、わたしはトイレに入って自分の顔をチェックした。その日はメイクをしてきていた。朝起きて、手持ちの化粧品を片っ端から塗りたくり、髪の分け目を中央からサイドに変えた。それだけの変化で、鏡のなかの顔は別人のようになった。雑誌やミュージックビデオから抜けだしてきた少女みたいに。たとえば、終業のベルが鳴るのを待ちながら机を足でこつこつ蹴るブリトニー・スピアーズ。しげしげ眺めているうち、顔のパーツがばらばらになっていくような感じがした。グリーンの目はそばかすの散った鼻から離れ、ねっとりとピンクに塗った唇が分かれて別々の方向へ漂いはじめる。瞬きをひとつすると、たちまちすべてが元に戻った。

トイレに長居しすぎたせいで、初めてアメリカ文学の授業に遅刻した。教室に駆けこむと視線を感じ、ストレイン先生だろうかと分厚いまつ毛ごしに見ると、視線の主はジェニーだった。ノートを取るペンを宙に浮かせたまま、いつもと違うわたしの髪とメイクを凝視していた。

その日の教材はエドガー・アラン・ポーだった。ぴったりだ、とわたしはテーブルに突っ伏して笑いそうになった。

「いとこと結婚したやつじゃ？」トムが訊いた。

「そうだね、厳密に言えば」ストレイン先生が答えた。

ハナ・レヴェスクが顔をしかめた。「気色悪い」

ストレイン先生は、ほかの生徒たちをさらに不快にするはずの事実には触れなかった。ヴァージニア・クレムがポーのいとこであるだけでなく、十三歳だったことには。そして「アナベル・リー」の詩を一連ずつ交代で読みあげさせた。〝わたしは子供で、彼女も子供だった〟という一行を読むとき、わたしの声は震えた。頭のなかに『ロリータ』のイメージがわっと押し寄せ、先生に膝を触られながら、われわれは似た者同士なんだと囁かれた記憶と入り混じった。

授業の最後に先生は軽く顎を上げて目を閉じ、ポーの「孤独」という詩を暗唱した。深みのあるゆったりとした声のせいで、〝人と同じ泉からは情熱を汲むことができなかった〟のところはまるで歌うようだった。聞いていて泣きそうになった。先生のことがようやくはっきり理解できた。世間に知られれば極悪人の烙印を捺されると知りながら、間違ったこと、悪いことを望まずにはいられない、それがどれほど孤独なことか。

授業が終わったあと、ほかの生徒たちがいなくなるのを待ってから、わたしはドアを閉じていいかと尋ね、返事を待たずにそうした。そんなに勇気を振り絞ったのは生まれて初めてのような気がした。黒板の前にいるストレイン先生は、両袖を肘の上までまくりあげて黒板消しを手にしていた。

「今日は少し感じが違うね」

わたしはなにも言わずにセーターの袖を引っぱり、足をもじもじさせた。

「休暇中に五歳も大人びたみたいだ」先生はそう続けて、黒板消しを置くと両手を拭った。それからわたしが持っている紙を手で示した。「私に？」

わたしはうなずいた。「詩です」

それを受けとると先生はすぐに読みはじめ、目を上げずに机まで行って椅子にすわった。わたしもなにも訊かずにあとに続き、隣の椅子に腰を下ろした。詩は前夜に書きあげたあと、一日かけてあちこち直し、できるだけ『ロリータ』風に、思わせぶりになるようにしてあった。

彼女が手招きする沖の舟々
一艘(そう)また一艘と波打ち際に乗りあげて
鈍い響きが虚ろな骨にこだまする
彼女はおののき身を震わせている

彼らに身を委ね
その慰めに涙を流しながら
水夫らは彼女の口に海藻を含ませ
すまないと詫びるのだ
犯した過ちを振り返りながら

ストレイン先生はその詩を机に置いて、距離をとろうとするかのように椅子の背にもたれた。「タイトルがないね」遠くを見るような声だった。「タイトルをつけたほうがいい」そのまま詩に目を落としてじっと黙りこみ、一分が過ぎた。

おとなしく隣にすわったまま、わたしは惨めさに打ちひしがれていた。先生はうんざりしたんだ、わたしに出ていってほしがっているんだ。恥ずかしさのあまり、ぎゅっと目をつぶらずにはいられなかった。露骨に性的な詩を書いて、小賢しくお化粧したくらいで、思いどおりになると考えるなんて。本を貸してもらってちょっとやさしいことを言われただけなのに、あれこれ期待するなんて。自分の見たいものを見て、勝手な妄想を事実と思いこんだだけだ。幼い子供みたいに洟をすすりながら、わたしはごめんなさいと小さく言った。

「おやおや」とたんに先生の声がやさしくなった。「なぜ謝ったりするんだい」

「だって」わたしは大きく息を吸いこんだ。「わたしがばかだから」

「なぜそんなことを？」先生が片腕をわたしの肩にまわして引き寄せた。「ばかなんかじゃないさ」

木のぼりしていて最後に落ちたのは、九歳のときだった。先生に肩を抱かれるのはそのときの落下の感覚とよく似ていた。地面のほうが近づいてくる感じ、ぶつかった瞬間に地面に呑みこまれるような感じだ。距離が近すぎて、頭をわずかに傾けただけで頬が肩に触れてしまいそうだった。先生のウールセーターのにおい、肌にしみついたコーヒーとチョークの粉のにおい。わたしの口は先生の首から十センチと離れていない。

そうやって腕をまわされ、寄り添ってじっとしていると、廊下で笑い声があがり、三十分ごとに時を告げる町の教会の鐘が聞こえた。わたしの膝は先生の太腿に押しつけられ、手の甲はズボンの脚に軽く触れている。浅い息を先生の首に吹きかけながら、なにかしてほしいと願った。

と、かすかな動きが——先生の親指がわたしの肩を撫でた。

顔を上げると唇が首に触れそうになり、先生が一度、また一度と唾を飲むのがわかった。なにかをこらえるようなその動きに励まされ、わたしは唇を先生の肌に押しあてた。ほんの軽いキスなのに先生は身を震わせ、それを感じて波のように気持ちが高まった。

今度は先生がわたしの頭のてっぺんに軽くキスをし、わたしももう一度首に唇を押しつけた。軽い触れ合いに留めたまま、どちらも様子を窺っている。いまなら身を離せば思いとどまれる。軽いキスなら忘れてしまえるけれど、本物のキスは違う。肩に置かれた先生の手にどんどん力がこもり、わたしの身体の奥からもなにかがこみあげた。それを必死に押しもどそうとした。でないと先生に飛びついて首にしがみつき、すべてを台無しにしてしまう。

そのとき、いきなり先生が力を抜いた。身を引いてわたしから完全に離れた。眼鏡の奥で、明るさに慣れようとするように目が瞬かれる。「話をしないと」

「ええ」

「これは一大事だ」

「わかってます」

「いくつもの決まりを破ることになる」

「だから、わかってます」そんなことにも気づいていないと、どれほど一大事かをじっくり考えてもいないと思われている。それがいらだたしかった。

先生が当惑にこわばった顔でわたしを見ながら、つぶやくように言った。「現実とは思えない」

教室の壁時計の秒針がチクタクと時を刻む。ドアを閉じてあるとはいえ、まだオフィスアワーなので、形式的にはいつ誰が入ってきてもおかしくない。

「それで、きみはどうしたい？」

そんなに重大なことを訊かれても。わたしがしたいことは、先生がしたいことで決まる。「わからない」

先生は窓のほうを向いて腕組みをした。〝わからない〟と答えたのはよくなかった。いかにも子供が言いそうで、決断を下す意志と能力のある人間にはふさわしくない。

「先生とふたりでいるのが好き」先生が黙ったまま続きを待っているので、わたしは視線を教室にさまよわせながら言葉を探した。「ふたりですることも好き」

「〝ふたりですること〟とは？」わたしの口から言わせたがっている。でも、どう言葉にすればいいのかわからない。

わたしはお互いのあいだの空間を手で示した。「こういうこと」

先生はかすかに笑みを浮かべた。「私も好きだ。なら、これは？」そう言って身を乗りだし、指先でわたしの膝に触れた。「これは好きかい」そして、わたしの顔を窺いながら指先を太腿へ這わせ、そのままタイツの股の部分に軽く触れた。わたしが反射的に脚を閉じたので、手がはさまった。

「やりすぎたね」

わたしは首を振って、脚の力を抜いた。「平気です」

「平気じゃない」手をスカートの奥から引っこめると、先生は液体のようにするりと椅子から下りて目の前にひざまずき、わたしの膝に頭をのせて言った。「きみをめちゃくちゃにしてしまう」

それまでに起きたことのなかで、その言葉がなによりも信じがたかった。キスしたいと言われたことより、膝を撫でられたことより、もっと現実離れしていた。きみをめちゃくちゃにしてしまう。そう言った先生はひどく苦しげで、どれほどそのことを考え、葛藤してきたかが窺えた。正しいことをしたい、わたしを傷つけたくはない、それでも抗えないと観念したのだ。

両手を先生の頭の上に浮かせたまま、わたしはその姿をしげしげと見た。こめかみに白いものが交じった黒髪。きれいに手入れされ、顎の下で揃えられた髭。首に少し赤くなった小さな切り傷を見つけて、今朝わたしが寮の部屋で裸足のまま顔に化粧品を塗りたくっているのと同じころ、先生も剃刀を持ってバスルームにいたのだろうかと考えた。

「きみの人生にとって、好ましい存在でありたいんだ。振り返って懐かしく思いだしてもらえるような。情けないほどきみに夢中で、それでも手を出すことはなく、最後まで紳士でいた、愉快な中年教師としてね」

膝にあずけられた頭の重みのせいで脚が震えはじめ、腋と膝の裏から汗が噴きだした。**情けないほどきみに夢中**。先生がそう言った瞬間、わたしは誰かに愛されている人間になった。それも、同年代の退屈な男の子ではなく、大人の男性に。すでに長い人生を送り、たくさんの経験や知識を備え、それでもわたしこそが愛するにふさわしいと思ってくれる人に。いきなり境界線を飛び越え、平凡な日常から、大の男が情けないほどわたしに夢中になって足もとにひざまずく場所へと押しだされたような気がした。

「授業のあと、きみの席にすわってみるときがある。きみの残り香を求めて、テーブルに顔を押しつけてみるんだ」先生はわたしの膝から頭をもたげ、顔をこすってから上体を起こした。「どうかしているな。こんなことを話すべきじゃないのに。きみに悪夢を見せることになる」

腰を上げて椅子に戻った先生を見て、なにか言わなくてはと悟った。恐れてなどいないとわかってもらえるようなことを。わたしも先生と同じだと、先生だけじゃないと示さなくては。「先生のことばかり考えてます」

先生がぱっと顔を輝かせた。そして自分を抑えるように苦笑した。「ありえない」

「ほんとです。頭から離れなくて」

「信じがたいね。美しい少女がスケベおやじに恋したりするもんか」

「スケベなんかじゃない」

「いまはね。でも、これ以上近づいたら、きっとそうなる」

もっとなにか言わないと、そう思って続けた。くだらない詩を書くのは先生に読んでもらうためなんです（〝きみの詩はくだらなくなんかない、そんなふうに言っちゃいけない〟）、感謝祭の休暇に『ロリータ』を読みふけっていたせいで自分が変わった気がするんです、今日は先生のためにおめかししたんです、教室のドアを閉じたのはふたりきりになりたかったからなんです。

「それに、よければ……」わたしは口ごもった。

「よければ？」

わたしは目で天井を仰ぎ、小さく笑った。「わかるでしょ」

「いや」

椅子を小さく揺らしながらわたしは続けた。「よければ、その、してもいいかなって。キスとか」

「キスしてほしいかい」

わたしは肩をすくめてうつむき、垂れかかる髪で顔を隠した。恥ずかしくて答えられない。

「イエスということかな」

髪に隠れたまま、わたしはくぐもった声をあげた。

「キスされたことは？」先生が顔を見ようと髪を払いのけ、わたしは首を横に振った。緊張のあまり嘘もつけなかった。

先生が立ちあがって教室のドアに鍵をかけ、窓から覗いても見えないように明かりを消した。両手で顔を包まれ、わたしは目を閉じてじっと待った。先生の唇は日差しでごわごわになった洗濯物みたいに乾いていた。顎ひげは想像していたよりやわらかいけれど、眼鏡が痛い。頬に食いこんでくる。

唇を閉じたままのキスが一回、そしてもう一回。先生が言葉にならない低い声を漏らし、それからディープキスがしばらく続いた。起きていることに集中できず、わたしの心は別の誰かのもののように遠くをさまよった。先生に舌があるなんて変なの、そんなことしか考えられなかった。

終わったあと、歯がガチガチ鳴って止まらなくなった。余裕の笑みを浮かべて、媚びるような甘い言葉を口にしたかったのに、袖口で涙を拭って「すごく不思議な感じ」とつぶやくのがやっとだった。

先生はわたしの額と両方のこめかみ、そして顎の先にキスをした。「いい意味ならいいが」

そうだと言って安心させなきゃ、本当は望んでいないのではと思われないようにしなきゃと心でつぶやきながら、宙に視線をさまよわせていると、先生が顔を近づけてまたキスをした。

教室のいつもの席で、わたしはひりつく唇の端に触れないように、てのひらをテーブルに押しつけていた。ほかの生徒たちもぱらぱらと入ってきて、コートのファスナーを下ろし、バックパックからイーディス・ウォートンの『イーサン・フローム』を取りだした。なにがあったか誰も知らないし、知られるわけにもいかない。なのに、大声で知らせたくてたまらなかった。それが無理なら、両手の付け根を叩きつけてテーブルを真っぷたつに割り、破片を飛び散らせたかった。秘密を教室じゅうにばら撒くように。

テーブルの向かいにいるトムは椅子にもたれて頭の後ろで手を組んでいて、ずりあがったシャツの裾からお腹を数センチ覗かせていた。ジェニーの席は空っぽだった。トムが教室に現れるまえ、ふたりが別れたらしいとハナ・レヴェスクが言った。そんな噂を聞けば、二カ月前なら心をかき乱されたはずだ。いまは気にもならなかった。二カ月のあいだに一生分の時間が過ぎたようだった。

授業中、『イーサン・フローム』について解説しながらストレイン先生はかすかに両手を震わせ、わたしのほうを見ようとしなかった――いや、いまはもう〝先生〟なんて変だ。でも、ファーストネームで呼ぶのもおかしな気がした。そのうち説明の続きを忘れたのか、額に手をあてた。そんな仕草は初めて見た。

「やれやれ、どこまで話したんだったか」

出入り口の上の時計が、二秒、三秒、四秒と時を刻んだ。ハナ・レヴェスクが小説の内容についてあまりにもわかりきった指摘をすると、ストレインは鼻であしらう代わりに「そう、そのとおりだ」と言った。黒板に向きなおって、〝悪いのは誰か〟と大文字で板書するのを見て、潮騒のようなざわめきが耳の奥で響きだした。

授業では最初の五十ページしか読まないのに、ストレインは小説の筋を最後まで話した。若いマティの誘惑と、年上で既婚者のイーサンが陥る倫理的ジレンマとを。イーサンの恋は本当に過ちなのか。孤独な生活。そばにいるのは二階で臥せっている病弱なジーナだけ。「ささやかな美しいもののために、人はすべてをなげうつこともある」ストレインの口調がひどく真に迫っていたせいで、テーブルの周囲に笑いのさざ波が起きた。

そろそろ慣れてもいいはずなのに、まだ実感が湧かなかった。これは本のことだけじゃなく、わたしのことなのに、誰もそれに気づいていない。ほかのみんなが席についてレポートの主題文を書きなおしているときに、机の陰で触られたときと同じだった。すぐ目の前で起きているのに、彼らはあまりに平凡で気づきもしないのだ。

〝悪いのは誰か〟。ストレインがその問いに下線を引き、解答を求めるようにわたしたちを見た。苦しげに。ようやくわかった。わたしが目の前にいるのが気まずいからではなく、自分が過ちを犯したのではと思い悩んでいるのだ。わたしにもっと勇気があれば、手を挙げて〝なにも悪いことなんてしていません〟と言えるのに。〝マティもいくらかは悪いのでは？〟とか。イーサン・フロームもストレインも。それか、なのにわたしは息を殺してじっとしていた。ちっぽけで臆病なネズミみたいに。

授業が終わったあとも、〝悪いのは誰か〟の文字は黒板に残されたままだった。ほかの生徒たちがぞろぞろと廊下へ出て中庭に散らばっていくのを待ちながら、わたしはわざとゆっくり片づけをした。バックパックのファスナーを上げ、ナマケモノのようにのろのろとかがみこんで、靴紐を結びなおすふりをした。ストレインは教室の外の廊下が無人になるまでわたしのほうを見なかった。人目がなくなるまで。

「気分はどうだい」

わたしはにっこりして、バックパックの肩紐を引っぱった。「ばっちり」毛ほども困惑を見せてはいけない。もし見せれば、キスはもう無理だと思われてしまう。

「動揺しているんじゃないかと思ってね」

「全然」

「よかった」ふうっと息が吐きだされた。「きみのほうが平気みたいだ」

相談した結果、オフィスアワーが終わって人文学科棟に人けがなくなってから、わたしが戻ってくることになった。出ていこうとしたときストレインが言った。「きれいだ」

こみあげる笑みを抑えられなかった。きれいに決まってる。深緑色のセーター、いちばん似合うコーデュロイパンツ、肩に垂らした波打つ髪。狙ってそうしたのだから。

教室に戻ったときにはすでに日が沈んでいた。窓にはブラインドがないので明かりを消し、ふたりで机の陰に隠れて暗がりでキスをした。

＊

トンプスン先生の発案でクリスマスに寮でプレゼント交換をすることになり、贈る相手を決めるくじ引きでわたしが引いたのはジェニーの名前だった。胸が痛むはずなのに、感じたのは漠然としたわずらわしさだけだった。わたしはプレゼント代の十ドルを持ってスーパーマーケットへ行き、ノーブランドの粉コーヒーを五百グラム買って、残りは自分のおやつに使った。ラッピングさえしなかった。プレゼント交換当日、レジ袋のままそれをジェニーに渡した。

「なにこれ？」ジェニーは訊いた。言葉をかけられたのは春以来だった。学年末に寮の部屋を出ていくとき、振りむきざまにぼそりと言われたのが最後だった――それじゃ、またそのうち。

「プレゼント」

「包んでないの？」中身はなにかとあやしむように、ジェニーはレジ袋を指先であけた。

「コーヒー。いつもコーヒーばっかり飲んでたから、たしか」

それに目を落としたジェニーがしきりに瞬きをしたので、泣いたらどうしようかと一瞬あわてた。「ほら」封筒が突きだされた。「わたしもあなたの名前を引いたから」

封筒の中身はメッセージカードで、そこに町の本屋の商品券二十ドル分がはさまれていた。わたしは商品券とカードを両手に持ったまま、ふたつを見比べた。カードの内側にはこう書かれている――〝メリー・クリスマス、ネッサ。ここのところ話してなかったけど、また仲良くなれたらいいな〟

「なんでこんなことを？　十ドルしか使っちゃいけないのに」

トンプスン先生がふたりずつに分かれた寮生たちのあいだを歩きまわりながら、めいめいのプレゼントにコメントしていた。わたしたちのところへ来ると、ジェニーの赤い頬と、床に転がった密封袋入りの安物コーヒー、そしてやましさでいっぱいの顔をしたわたしを順に見た。

「まあ、すてきな贈り物！」トンプスン先生が感激したように言ったので、商品券のことかと思ったが、褒められたのはコーヒーだった。「わたしの場合、カフェインはいくら摂っても足りないくらいだし。ヴァネッサ、あなたはなにをもらったの？」

わたしが商品券を掲げると、トンプスン先生はうっすらとした笑みとともに言った。

「それもすてき」

「宿題があるので」ジェニーが言い、触る気にもなれない気色悪いもののようにコーヒーの袋をつまみあげて談話室を出ていった。その背中に向かってずばりと言ってやりたかった。わたしに近づこうとするのはトムに振られたからでしょ。でももう手遅れだから、こっちは変わったの。いまのわたしは、あなたが想像もできないことをしてるんだから。

トンプスン先生がわたしに向きなおった。「気のきいたプレゼントじゃない、ヴァネッサ。大事なのは値段じゃないし」

そのときやっと、先生が褒めてくれたのは、わたしが貧しすぎて三ドルのコーヒーを買うのがやっとだと思っているせいだと気づいた。その思いこみが滑稽にも屈辱にも思えたけれど、訂正はしなかった。

「トンプスン先生、クリスマスはどうするんですか」ディアナが尋ねた。

「しばらくニュージャージーの実家に帰って、そのあと友達とバーモントへ旅行するつもり」

「恋人とじゃなく?」ルーシーが訊いた。

「残念ながらいないの」トンプスン先生はほかの生徒たちのプレゼントを確認しようと離れていった。手を後ろで組んだ背中を見ていると、「ストレイン先生が恋人だと思ってたけど」というディアナの囁きが聞こえなかったふりをしたのがわかった。

　ある日の午後、ストレインがわたしの名前はアイルランド人作家のジョナサン・スウィフトが考えだしたものなのだと教えてくれた。スウィフトが親しくしていたエスター・ヴァノムリーの愛称がエッサだったという。「ばらばらにした名前をくっつけて、新しいものを生みだしたんだ。ヴァンとエッサでヴァネッサになった。きみにね」

　口にはしなかったものの、まさに同じことをされているように感じるときがあった。ばらばらにされ、くっつけられて、新しい誰かに作り変えられているみたいに。

　最初のヴァネッサはスウィフトに恋をして、ふたりの年の差は二十二歳だったそうだ。スウィフトはヴァネッサの家庭教師だった。ストレインが机の後ろの本棚の前に行って、スウィフトの詩『カデナスとヴァネッサ』を手に取った。六十ページもある長い詩で、教師に恋する若い娘のことを詠（うた）ったものだという。胸をどきどきさせながら目を通していると視線を感じたので、心を読まれないように、肩をすくめてなるべく気のない声で言った。「へえ、面白い」

ストレインが眉をひそめた。「私は怖いような気がしたがね、面白いというより」

そして本を棚に戻してつぶやくように続けた。「ぞくっとしたよ。運命を感じた」

見ていると、彼は机について採点簿を開いた。決まり悪げに耳の先まで赤く染まっている。わたしのことでそんなに真っ赤に？　ときどき、彼も同じように繊細なのだということを忘れてしまう。

「わたしも」

顔が上げられ、眼鏡がきらりと光る。

「なにもかも運命みたいな気がするというか」

「なにもかもというのは、ふたりでしていることかい」

わたしはうなずいた。「このために生まれてきたのかもって」

その言葉を聞いて、ストレインは口もとを緩めまいとするように唇を震わせた。

「ドアを閉めておいで。明かりも消して」

クリスマス休暇前の日曜日、グールド寮の談話室の公衆電話から家にかけたとき、水曜日でなく火曜日に迎えに来ると母から聞かされた。帰省が一日長くなれば、ストレインに会えない日も一日増える。週末に離れているだけでもつらいのに、三週間なんて耐えられそうになかった。そのうえ母にそう言われて、足もとの床が抜けたような気がした。

「そんなの聞いてない！　大丈夫かどうかたしかめもしないで、まる一日も早く来るって決めるなんて」気持ちがたかぶり、涙をこらえるのに苦労した。「わたしにも責任ってものがあるの。やらなきゃならないことがあるんだから！」

「どんなこと？　ちょっと、どうしちゃったの。なにがあるっていうの」

壁に額を押しつけて深呼吸をひとつしてから、返事をひねりだした。「文芸部の会合にどうしても出ないと」

「あらそう」母はもっと深刻なことを想像していたのか、ふっと息を吐いた。「そうね、そっちに着くのは六時を過ぎると思う。会合に出る時間はあるでしょ」

母はなにかにかじりつき、音を立てて噛みくだいた。わたしとの電話中に母がものを食べたり、掃除したり、同時に父とも話をしたりするのがいやでたまらなかった。ときにはトイレにまで電話を持ちこむので、水を流す音でそれに気づく羽目になった。

「文芸部がそんなに気に入ったとは知らなかった」と母が言った。

わたしはスウェットシャツの汚れた袖口で洟を拭った。「気に入ってるかどうかは関係ない。ちゃんと責任を果たさなきゃってこと」

「へえ」母がまたなにかにかじりつき、ぽりぽり噛む音がした。

月曜日、ストレインとふたりで暗い教室にすわっていたとき、わたしはキスを拒んだ。そっぽを向いて触られないように両脚を組んだ。

「どうした?」

うまく説明できず、わたしは首を振った。彼はじきに休暇が来るのが平気そうに見える。話題にすらしていなかった。

「触られたくないならかまわない。いやだと言ってくれればいい」

ストレインは顔を近づけてわたしを覗きこみ、暗がりのなかで表情を読もうとした。眼鏡をかけていないので——顔にあたって痛いと伝えてから、キスのまえに外してくれるようになった——瞳がちらちら揺れるのが見えた。

「心は読めないんだ、そうできればいいが」

わたしが脚を引っこめるか試すように指先が膝に伸ばされる。じっとしていると、両手が太腿を這いのぼり、腰から背中へまわされた。ぐっと引き寄せられたとき椅子のキャスターがきしんだ。わたしはため息をついて、山のような身体に身を寄せた。

「こうやって会うのも、当分おあずけだなと思っただけ。まるまる三週間も」

彼の身体から力が抜けるのがわかった。「それで、すねていたのか」

笑われて情けなくなり、涙があふれたが、彼は寂しくて泣いていると思ったようだ。

「どこにも行ったりしないよ」そう言ってわたしの額に口づけ、繊細なんだねと続けた。「まるで……」そこで言葉を切り、小さく笑った。「少女みたいだと言いそうになったよ。正真正銘、少女なんだということをたまに忘れそうになる」

わたしはストレインの胸に顔をうずめて、気持ちをコントロールできないのと囁いた。同じ気持ちだと言ってほしかったのに、髪を撫でられただけだった。言うまでもないと思っているのかもしれない。最初にキスをした午後、わたしの膝に頭を押しつけて、きみをめちゃくちゃにしてしまうと苦しげに言った姿が目に浮かんだ。もちろん、彼もコントロール不能のはず。抑えがきかないからこそ、こんなことをしているのだ。

ストレインは身を離してわたしの唇の両端にキスをした。「いい考えがある」

室内をうっすら照らす外の雪明かりで、彼が目を細めて微笑んだのがわかった。間近にするとその顔はばらばらで巨大に見えた。鼻梁には眼鏡のへこみが刻まれている。

「ただし、これから提案することを心から望んでいなければ、同意しないこと。いいね」

わたしは洟をすすり、涙を拭いた。「わかった」

「クリスマス休暇のあと……そう、ここへ戻って最初の金曜日に……」そこで間があった。「うちに来るのはどうかな」

わたしは驚いて瞬きをした。いつかはそうなると思ってはいたけれど、早すぎる気がした。でも、そうでもないのかもしれない。キスするようになって二週間は過ぎたから。

返事をせずにいると、ストレインが続けた。「この教室以外の場所でいっしょに過ごせたらと思ってね。食事をして、明かりをつけたままお互いを見られたらなと。楽しそうじゃないかい」

とたんに怖気づいた。そんな気持ちになるのがいやで、頬の内側を噛みながら自分を納得させようとした。怖いのは彼ではなく彼の身体だ。大きさそのものも、それがわたしに求めることも。教室でならキスくらいしかできないけれど、家に行けばなにが起きてもおかしくない。起きるべきことが。つまり、セックスが。

「でも、どうやって行けば？　門限があるし」

「門限が過ぎてから寮を抜けだせばいい。裏の駐車場で待っていて、さっと連れだすから。帰りは誰にも気づかれないように朝早く送っていく」

わたしがまだためらっていると彼が身をこわばらせた。椅子を引いて離れたので、両脚にすっと冷たい風を感じた。「迷うなら、無理にとは言わないよ」

「迷ってない」

「そうは見えないが」

「そんなことない。行く」

「そうしたいと思っているかい」

「思ってる」

「本当に？」

「思ってるってば！」

ちらちらと揺れる瞳で見つめられた。わたしは頰の内側をいっそうきつく嚙んだ。痛みでまた涙をこぼせば機嫌を直してくれるだろうか。

「いいかい。下心なんてない。ふたりでソファにすわって映画でも見られたら満足なんだ。きみがいやなら、手だってつなぐ必要はない、いいね？　無理強いだけはしない、それが大事なことなんだ。そうでないと自分を許せない」

「無理強いなんかじゃない」

「そう思うかい？　本当に？」

わたしはうなずいた。

「よかった。本当によかった」ストレインがわたしの両手を取った。「きみ次第なんだ、ヴァネッサ。決めるのはきみだ」

本気でそう言っているのだろうか。最初にわたしに触れ、キスしたいと言い、夢中だと言ったのはストレインだ。はじめの一歩を踏みだしたのはいつも彼だった。無理強いされているとは思わないし、ノーと言うこともできるけれど、わたし次第かと言われれば違う。でもきっと、彼はそう思いこまないといけないのだ。思いこむべきことが山ほどあるのだ。

＊

クリスマスに手に入れたもの——現金五十ドル、セーター二枚（一枚はラベンダー色のケーブルニット、もう一枚は白いモヘア）、傷だらけなので買いなおしたフィオナ・アップルのＣＤ、アウトレット品だけれど、よく見ないと縫い目の乱れがわからないＬ・Ｌ・ビーンのブーツ、寮の部屋で使う電気ケトル、メープルシュガーキャンディひと箱、靴下と下着、それにテリーズのオレンジチョコ。

実家で両親と過ごすあいだ、ストレインのことは抽斗にきっちりしまいこんで、忘れようとつとめた。ベッドで夢想に耽り、彼のことばかり書いていたい衝動をこらえて、以前の自分に戻ったつもりで過ごそうとした。薪（まき）ストーブのそばで本を読んだり、キッチンテーブルで母とイチジクやクルミを刻んだり、もふもふの黄色いイルカみたいに跳ねまわる仔犬のベイブを連れて、父といっしょに雪のなかを家までモミの木を運び入れたり。たいていの夜は、父が二階の寝室に引きあげ、ベイブがそれを追いかけていったあと、母とふたりでソファに寝そべってテレビを見た。お気に入りの番組は同じだった。歴史ドラマに《アリー　my　Love》、風刺番組《ザ・デイリー・ショー》。司会者のジョン・スチュワートに笑い、ジョージ・W・ブッシュが画面に現れるとげんなりした。票の再集計はとっくにすんで、ブッシュが勝利を宣言したからだ。

「まだ信じられない、選挙に勝つために不正するなんて」とわたしは言った。

「不正はみんなやるの。やったのが民主党だったら、まだましだったってこと」

テレビのお供に、食品庫に隠してあった上等なジンジャーレモンクッキーを食べながら、母が少しずつ足を近づけてきて、わたしのお尻の下にもぐりこませようとした。

わたしがいやがるのを知っているのに。文句を言うと、母はつんけんするのはやめてと言った。「元はわたしのお腹にいたんだから」

プレゼント交換でジェニーからカードをもらい、仲なおりを持ちかけられたことを話すと、母はあきれたように笑ってわたしに指を突きつけた。「言ったでしょ、また近づいてくるだろうって。乗せられないようにね」

テレビで通販番組がはじまると母はくすんだブロンドの髪を顔に垂らして眠りこんだ。そんなふうに、ひっそりとした家のなかで自分だけが起きているとき、ストレインのことがわっと頭に押し寄せた。そしてぼんやりと画面を見つめたまま、彼がそばにいてわたしを抱きしめ、パジャマのボタンのあいだに手をもぐりこませるところを想像した。ソファの反対側で母がいびきをかくと夢想から覚め、そそくさと二階に引きあげた。安心してストレインのことを考えられるのは自分の部屋だけだった。そこならドアを閉めてベッドにもぐりこみ、彼の家にいるところを、セックスするところを想像できる。彼の裸を。

わたしは《セブンティーン》誌のバックナンバーをあさって、初めてのセックスについての記事に片っ端から目を通した。準備すべきことがあるかを知りたいのに、どれもこれも〝セックスは特別な体験です、焦らないで、時間はいくらでもあるんだから！〟といった無意味な内容ばかりだった。しかたなくネットにあたり、掲示板で〝初体験のアドバイス〟というスレッドを見つけたものの、女の子へのアドバイスは〝寝てるだけじゃだめ〟だけだった。どういう意味？　上になるとか？　ストレインとそんなことをするところを思い描こうとしてみても、恥ずかしすぎて無理だった。考えただけで身がすくんだ。そのあと、検索履歴を残らず削除したか三度たしかめてからブラウザを閉じた。

ブロウィック校へ戻る前夜、両親が《ＮＢＣナイトリー・ニュース》を見ているあいだに、わたしはふたりの寝室にしのびこんで母のドレッサーの最上段の抽斗をあけ、ブラやショーツをあさって、黄ばんだタグがついたままの黒いシルクのネグリジェを見つけた。自分の部屋に戻ってそれを素肌に着てみた。丈は少し長く、膝下まであるけれど、ぴったりしていて身体の線が出るので、大人っぽくセクシーに見える。鏡を覗きながら髪をまとめて頭の上に持ちあげ、顔のまわりにばさりと垂らした。下唇を嚙んで赤くふっくらさせる。片方の肩紐が外れて腕に垂れ、ストレインがいつもの微笑ましそうな表情を浮かべてそれを掛けなおすところが目に浮かんだ。翌朝、そのネグリジェをバッグの底に詰めたわたしは、ブロウィック校に戻る車のなかで笑みをこらえられなかった。ばれずにやるのなんて簡単だ、どんなことでも。

キャンパスは雪だまりの高さが増し、クリスマス飾りが取りはらわれて、寮には床板の掃除に使った酢のにおいが立ちこめていた。月曜日の朝早く、ストレインに会いに人文学科棟へ行った。わたしを見て彼は顔を輝かせ、満面の笑みを浮かべた。そして教室に鍵をかけ、わたしをファイルキャビネットに押しつけて、むさぼるように激しくキスした。ふたりの歯と歯がぶつかった。脚のあいだに割りこんできた太腿が股間に押しあてられた。気持ちはいいけれど、あまりの性急さにわたしは息を呑み、とたんに彼は手を離して身を引き、痛かったかと訊いた。

「きみといると理性が吹っ飛んでしまう。まるでティーンエイジャーだな」

金曜日のことは予定どおりでいいかとストレインはたしかめた。三週間わたしのことばかり考えていて、自分でも驚くほど寂しかったと続けた。それを聞いてわたしは眉をひそめた。驚くって、なぜ？「なぜって、まだそれほどお互いのことを知らないから。なのにどうだい、すっかりきみの虜だ」クリスマスはどうしていたかと尋ねると、「きみのことを考えていた」と彼は言った。

その週は一日一日がカウントダウンみたいに、長い廊下をのろのろと歩くみたいに感じられた。ようやく金曜日の夜が来て、まだ現実感のないまま黒いネグリジェをバックパックに詰めているると、廊下の向かいのドアを全開にした部屋で、メアリー・エメットが五十二万五千六百分がどうとかいうミュージカル曲を熱唱するのが聞こえ、シャワーを浴びに行くバスローブ姿のジェニーがドアの外を通りすぎた。ふたりにとっては普段どおりの金曜日なのだと考えると不思議な感じがした。わたしの時間と並行して、彼女たちの時間もなにごともなく過ぎていくなんて。

九時三十分、わたしはトンプスン先生のところへ行って、気分がよくないので早めに寝ると伝え、廊下が無人になるのを待って、警報器が故障中の裏階段をこっそり下りた。急いで校内を突っ切ると、人文学科棟裏の駐車場でヘッドライトを消したストレインのステーションワゴンが待っていた。助手席のドアをあけてすべりこんだわたしを抱き寄せて、彼は聞いたこともない笑い声をあげた。とても現実だとは信じられないように、すっかり興奮し、息をあえがせて。

ストレインの家はわたしの実家とは大違いで、がらんとしていて清潔だった。キッチンのシンクは空っぽでぴかぴか、蛇口の長いパイプに布巾が干してあった。二、三日前に、好物を用意しておくからと食べたいものを訊かれていたので、冷凍庫には高級なアイスクリームの大パックが三つ入っていた。冷蔵庫にはチェリーコークの六缶パック、カウンターにはポテトチップスの大袋がふたつ。同じカウンターにウィスキーの瓶と氷があらかた溶けたグラスも置かれていた。

居間のコーヒーテーブルもすっきりと片づいていて、重ねられたコースターとリモコン二個があるきりだった。本棚はきちんと整理され、横倒しや逆さになった本は一冊もない。案内されるあいだ、わたしはチェリーコークを飲みながら、ほどほどに感心し、ほどほどに興味を引かれた様子を装った。でも実際は全身が震えていた。

最後に寝室に案内された。ドアのところに立ち、コークの泡が缶のなかではじける音を聞きながら、次はどうするべきかふたりとも迷った。六時間後にはグールド寮に戻らないといけないが、まだ着いて十分しかたっていない。目の前にはカーキ色の羽毛布団とタータンチェックの枕が置かれたベッドが広がっている。あまりにも性急な気がした。

「眠たくはないかい」

わたしは首を振った。「あんまり」

「なら、これはもうやめておいたほうがいい」コークが手から取りあげられた。「カフェインたっぷりだから」

テレビを見たらどうかとわたしは提案した。ソファで手をつないで映画でも見られれば満足だと言ったことを思いだしてもらおうと。

「見ても途中で眠りこんでしまいそうだ。よければ、ベッドに入る支度をしないか」

ストレインはドレッサーの前に立って最上段の抽斗をあけ、なにか取りだした。パジャマだ。コットンのショートパンツとタンクトップ、白地に赤いイチゴ柄。きちんとたたまれ、タグがついたままの新品だから、わたしのためにわざわざ買ったものだ。

「寝間着を忘れるかもしれないと思ってね」パジャマが手渡された。バックパックの底に詰めた黒いネグリジェのことは黙っておくことにした。

わたしはバスルームに入り、なるべく音を立てないように服を脱いで、パジャマのタグを外した。着るまえに鏡で自分の顔を眺め、シャワーのところに置かれたシャンプーと固形石鹸をちらりと見てから、洗面台にあるものをくまなく目でチェックした。電動歯ブラシ、電気剃刀、デジタルの体重計。爪先を丸めて体重計に乗ると数字が表示される――六十五キロ。クリスマス休暇から一キロ減った。

タンクトップを広げてみながら、なぜ彼はあえてこれを選んだのだろうと考えた。柄が気に入ったのかもしれない。わたしの髪と肌が、イチゴとクリームを思わせるとまえに言っていたから。若い女性向けの服売り場に入った彼が、大きな手でいろんなパジャマをあれこれ手に取ってみるところが浮かび、胸に温かいものがこみあげた。

数年前に見た、ペットの仔猫を抱いた有名なゴリラの写真を思いだした。身体の大きな生き物が、小さく華奢なものを精いっぱいやさしく丁寧に扱おうとするところが似ている気がした。

わたしはバスルームのドアをあけ、片腕で胸を隠して寝室に戻った。ベッドサイドテーブルの明かりがやわらかく温かい光を放っていた。彼はベッドの端に背を丸めてすわり、両手を握りあわせていた。

「サイズは合ったかい」

わたしは震えながらかすかにうなずいた。窓の外を車が通り、近づいてきた音が遠ざかって、しんと静まりかえった。

「見せてもらえるかな」と言われたのでそばへ近づくと、彼はわたしの手首を握って腕を下ろさせた。そしてわたしの身体に目を走らせながら、吐息とともに言った。

「まいったな」これからしようとしていることを、すでに後悔しているように。

そして立ちあがり、上掛けをめくって、「オーケー、オーケー、オーケー」とつぶやいた。服はまだ着たままでいるよと言ったのは、きっとわたしを落ち着かせるためだ。たぶん自分自身も。シャツの腋には、新年度の集会でのスピーチのときと同じように黒っぽい汗じみが広がっていた。

ふたり並んでベッドに入り、そのまま触れあいもせず、言葉も交わさないまま、上掛けの下で仰向きに横たわっていた。天井にはクリーム地に金の渦巻き模様のタイルが貼られ、わたしはくるくると巻いたその模様を目でなぞった。羽毛布団に覆われた手足は温まりはじめたものの、鼻の先は冷たいままだ。

「実家の部屋もいつもこんなふうに寒いの」

「そうなのかい」わたしが口を開いたことで空気がやや緩み、ほっとしたようにストレインがこちらを向いた。そしてわたしの部屋の雰囲気や配置を尋ねた。わたしは宙にレイアウトを描いた。

「こっちが湖に面した窓で、こっちが山側の窓。ここにクロゼットがあって、ベッドはこっち」壁のポスターやベッドカバーの色も教えた。夏にはときどき湖から響くアビの鳴き声で夜中に起こされること、家の断熱がお粗末で冬には壁が凍ることも。

「いつか見に行きたいな」

自分の部屋にいる彼を想像してわたしは笑った。きっとひどく大きく見えるだろう、頭が天井につっかえるかもしれない。「ありえない」

「わからないさ。機会があるかもしれない」

ストレインもモンタナでの子供時代の部屋のことを話した。そこも冬は寒かったと。

ビュートはかつて銅鉱山ブームに沸いた町で、昔はどこよりも栄えていたものの、いまは山に囲まれた陰気な土色の盆地だという。家々のあいだに巻き上げ櫓(やぐら)の残骸がいくつもそびえ、町の中心は丘の斜面に広がっていて、てっぺんの採掘跡地は巨大な酸性水の溜め池になっているそうだ。

「なんだか怖そう」

「たしかに。でも、ああいった場所は実際に見てみないと理解しにくいものなんだ。奇妙な美しさも感じられてね」

「酸性水の溜め池が美しい？」

笑みが返された。「いつかいっしょに行こう。きっとわかる」

上掛けの下で、彼はわたしの指に指を絡めて話を続けた。妹と両親のことを。父親は銅山の鉱夫で、おっかないけれどやさしかったこと、母親が教師だったことも。

「お母さんはどんな人？」

「短気だった。いつも怒ってばかりでね」

返事に迷い、わたしは唇を噛んだ。

「母には愛されなかった。なぜかはわからずじまいだが」

「いまもお元気？」

「両親とも亡くなったよ」

慰めの言葉をさえぎって、彼はわたしの手をぎゅっと握った。「いいんだ、大昔の話だから」

しばらくのあいだ上掛けの下で手をつないで黙っていた。呼吸を繰り返しながら、わたしは目を閉じて寝室のにおいに集中しようとした。かすかな男っぽいにおい、フランネルのシーツに残る石鹸とデオドラントの香り、クロゼットの杉材の香り。彼がここで普通の人と同じように暮らしているのだと思うと不思議だった。ここで眠り、食事をし、皿洗いやバスルームの掃除や洗濯といった単調な日々の家事をこなしているのだ。洗濯まで自分で？　衣類を洗濯機から乾燥機に移すところを想像してみても、浮かんだと思ったとたんに消えてしまった。

「なぜ結婚しなかったの？」

ちらりと視線が注がれ、わたしの手を握る力が少しのあいだ緩められた。まずいことを訊いたと気づくには十分な間だった。

「誰もが結婚に向いているわけじゃない。大人になればきみもわかるさ」

「もうわかってる。わたしも結婚なんてしたくない」本心とは言い切れないものの、ものわかりのいいところを見せたかった。彼は明らかにためらっている。わたしとのことを、これからしようとしていることを。すぐに逃げたり嚙みついたりする動物に接するように、わたしがちょっとでも動くと怖気づいてしまいそうだ。

ストレインが笑みを浮かべ、身体の力を抜いた。わたしがうまく答えたせいだ。

「そうだろうとも。きみは自分のことがよくわかっていて、なにをしたくないかも知っているはずだね」

わたしがしたいことって？　そう訊き返したかったけれど、自分をわかってなどいないと知られたくはないし、その話にこだわるつもりもなかった。彼がまた手に力をこめ、キスするように顔を近づけてきたから。家に来てからまだ一度もキスされていなかった。

眠たくはないかともう一度訊かれ、首を振った。「眠たいなら言ってくれればいい。私は居間へ行くから」

居間へ？　わたしは眉をひそめ、どういう意味かと考えた。「ソファで寝るってこと？」

ストレインは手を離して上を向き、口ごもりながら話しはじめた。

「初めてきみに触れたときのことを恥じているんだ、学年がはじまったばかりのころに。あんな振る舞いは好ましくない」

「わたしは好ましいと思ったけど」

「それはわかっているが、それでも動揺しなかったかい」彼がわたしのほうへ顔を向けた。「したはずだ。いきなり教師に触られたんだから。あんなことはすべきじゃなかった、了解も得ずに行動に移すようなことは。なにもかもきちんと了解を得てからでないと、こんなことは許されない」

はっきり言われなくても、なにを求められているかはわかった。自分がどう感じていて、なにを望んでいるかを伝えることだ。勇気を出して。わたしはストレインのほうに身体を向け、首もとに顔をうずめた。「ソファで寝てほしくない」彼がにっこりしたのがわかった。

「わかった。ほかにしてほしいことは？」

わたしは顔をさらに押しつけ、片脚を彼の脚に這わせた。口では言えない。キスしてほしいかと尋ねられ、わたしが首に顔をうずめたままうなずくと、彼はわたしの髪を握って頭をのけぞらせた。

「ああ、なんてすてきなんだ」

きみは完璧だと彼は言った。完璧すぎてこの世のものとは思えないと。キスされたあと、それ以上のことが次々に起こりはじめた。まだされたことのなかったことが

——タンクトップが胸の上までまくりあげられ、つまんだり揉んだりされ、ショートパンツの下に差しこまれた手があそこに押しつけられた。

なにかするたび、彼は同意を求めた。「いいかい?」と訊いてから、タンクトップを頭から脱がせた。「かまわないかな」と言ってショーツをずらし、指をなかに入れた。あっという間の出来事で、その瞬間、身体が驚きで麻痺した。しばらくすると彼は先になにかしてから同意を求めはじめた。ショーツを脱がせるのを「いいかい?」と訊いたときには、もう脱がせたあとだった。脚のあいだにひざまずくのを「かまわないかな」とたしかめたときにはすでにそうしていて、うめくような声をあげてから、「ここも赤毛だと思ったよ」と続けた。

なにが起きようとしているのか、はじまるまでわからなかった。あそこにキスをし、舌で愛撫しようとしているのだ。わたしはばかじゃない。そういう行為のことは知っていたけれど、彼がしたがるとは思ってもいなかった。両腕で抱えられて引き寄せられると、わたしは踵をマットレスに食いこませ、手を伸ばして彼の髪をぎゅっとつかんだ。痛いはずなのに、彼はそのままキスをし、舐め、あれこれするのをやめなかった。どうすればわたしが気持ちいいか、なぜわかるんだろう。なぜなにもかもお見通しなんだろう。わたしは下唇を噛んであえぎ声をこらえ、彼はストローでソーダの残りをするように、ずるずると音をさせた。こんなに快感でなければ、恥ずかしさに耐えられなかったはずだ。わたしは片腕で目を覆い、色鮮やかな渦巻きに呑まれた。海から押し寄せた波が山々の頂きに達し、自分がひどくちっぽけになったような感覚が訪れたかと思うと、わたしはいった。自分でするときより激しく、目の前に星が飛ぶくらいに。

「ちょっと待って。ね、待って」

彼は蹴りつけられたように身を引き、膝立ちの姿勢に戻った。まだTシャツとジーンズを身に着けたままで、髪はくしゃくしゃ、顔はてかてか光っている。「いったのかい。本当に？　こんなに早く？」

わたしは両脚をぎゅっと閉じて目をつぶった。なにも話せず、なにも考えられない。そんなに早かったの？　というより、どのくらいの時間だった？　一分か十分、それとも二十分？　見当もつかなかった。

「いったんだね。それがどんなに特別なことかわかるかい。どんなに稀なことか」

目をあけると、彼が手の甲で口を拭ってそれを顔の前にかざしたまま息を吸い、目を閉じるのが見えた。

毎晩してあげたいよと彼は言った。上掛けを引きあげ、わたしの隣に身を横たえて、

「毎晩、きみが眠るまえに」と続けた。

彼の顎が頭のてっぺんに押しつけられ、大きな身体がわたしを包みこんだ。そうやって抱かれているのは、口でされるのと同じくらい心地よかった。彼からわたしのにおいがした。「いまはここまでにしておこう」そう言われて、身体が溶けだしそうなほどの安堵を覚えた。セックスといっても、さっきみたいなことをされるだけだ。

ストレインが手を伸ばしてベッドサイドテーブルの明かりを消したあとも、わたしは眠れなかった。肩にまわされた腕の重みを感じながら、彼がわたしのパジャマ姿を目にして「まいったな」と言ったときのことを反芻した。口でするとき、わたしの両脚を抱えて顔に引き寄せたことも。その最中に手を伸ばしてわたしの手を握ったことも。

もう一度してほしいのに、彼を起こしてせがむ気にはなれなかった。でも、朝起きて帰るまえにしてくれるかもしれない。ときどき放課後の教室とか、郊外へドライブに出たときの車内でもできるかもしれない。頭が静まってくれなかった。ようやくうとうとしてからも、脳内であれこれ計画を立てていた。

二時間ほどして目を覚ましたとき外は暗かった。廊下の明かりが寝室の出入り口から注ぎ、床にのびていた。隣にいるストレインも目覚めていて、熱い唇をわたしのうなじに押しつけていた。わたしはにっこりして寝返りを打った。また脚のあいだに顔をうずめられるのだと思ったのに、目に入った彼は全裸だった。青白い肌は胸から脚まで黒っぽい毛に覆われ、その中心に巨大なペニスがそそり立っている。

「えっ！」と声が出た。「あの、えっと、オーケー」細切れのばかみたいな言葉。手首を取ってその場所に導かれたとき、また繰り返した。「えっと、オーケー」そこを握らされたので、上下に動かすべきなのだとわかった。頭から切り離されたように、わたしの手はすぐにそれをしごきはじめた。ロボットみたいに従順に。筋肉の柱を包むやわらかい皮を上下にすべらせようとするものの、ぎこちなく、つっかえがちになる。何日も胃のなかにあるゴミを吐きもどそうと激しく身を収縮させる犬みたいな動きだ。

「ゆっくりとだ、ベイビー。もう少しゆっくり」やり方を教わり、一定のペースを保とうとしたけれど、腕が痺れはじめた。疲れたと言って背を向け、二度と見ないでおきたかった。でも、それじゃ身勝手すぎる。わたしの裸は、こんなに美しいものを見たのは初めてだと言ってもらったのに。気持ち悪そうな顔を見せるなんてあんまりだ。触っていると虫唾（むしず）が走るけれど、そんなのなんでもない。そう、なんでもない。平気だ。してもらったんだから、お返ししないと。ほんの数分くらい我慢できる。

手をそこからどけられたので、今度は口でしてほしいと言われるのかと不安になった。それだけはしたくない、できない。でも、次に言われたのはこうだった。「ファックしてほしいかい」問いかけではあるものの、答えを求められてはいなかった。彼の変わりように頭がついていかなかった。「いまはここまでにしておこう」と言ったのさえ本当かどうかあやしくなってきた。それとも、〝いまは〟の意味をまるきり誤解していたのだろうか。ファック。その響きがあまりに露骨で、思わず枕に顔をうずめた。声まで荒々しく乱暴に変わったみたいだった。目をあけると、彼がわたしの両脚のあいだに身を割りこませ、切羽詰まったように眉根を寄せていた。

時間を稼ごうと、妊娠したくないと言った。

「しないよ。ありえない」

わたしは腰を引いた。「どういう意味？」

「手術を受けたんだ、パイプカットの」彼は片手で自分の身体を支え、もう片方の手でわたしを押さえた。「だから妊娠はしない。安心していい」押し入ろうとして、親指をきつくわたしの腰骨に食いこませる。うまく入らない。

「リラックスするんだ、深く息を吸って」

わたしが涙を浮かべても彼はやめようとせず、その調子だと言いながら、しきりに入れようとした。深呼吸するように言われて息を吐きだしたとき、彼が力をこめて突き、わずかに奥へ入った。わたしが声をあげて泣きだしても、まだやめようとしない。「その調子だ、もう一度深呼吸してみよう、いいね。痛くても心配はいらない。ずっと痛いわけじゃない。さあ、もう一度深呼吸を。そうだ、それでいい。すごくいい」

終わったあと、ベッドを出たストレインのお腹とお尻がちらっと見え、わたしは目を閉じた。下着を穿いたとき、腰のゴムが鞭のような、なにかが真っぷたつに割れたような音を立てた。バスルームに彼が入ると大きく激しい咳が聞こえ、洗面ボウルに唾を吐く音が続いた。上掛けにくるまったわたしの身体はひりひりしてべたつき、内腿は下のほうまでぬるぬるだった。頭のなかは風のない日の湖面のように虚ろで静かだ。わたしは空っぽ、誰でもない、どこにもいない。

バスルームから出てきたとき、彼はTシャツとスウェットパンツ姿で眼鏡もかけ、普通に戻ったように見えた。ベッドにもぐりこみ、わたしにぴったりと身を寄せて「愛しあえたね」と囁いたけれど、〝ファック〟と〝愛しあう〟のあいだにはずいぶん距離があるなと思った。

しばらくして二度目にセックスしたときは、まえよりもゆっくりで、楽だった。オーガズムは感じなかったけれど、少なくとも泣かずにすんだ。覆いかぶさられると重みで心臓の鼓動がゆっくりになる感じが好きだとさえ思った。彼はうめき声をあげて達し、奥深くから押し寄せるものに全身を震わせた。のしかかった身体の痙攣を感じてわたしの筋肉も収縮し、なかに入った彼をさらに締めつけた。ふたりがひとつになるとよく言われるのはこういうことだったんだと、そのときわかった。

あっというまに終わってしまった、うまくできずにすまないと彼は謝った。誰かと深い仲になるのはひさしぶりだからと。わたしは〝深い仲〟という言葉を口のなかで転がしながら、トンプスン先生のことを思いだした。

二度目のセックスのあと、わたしはバスルームに入ってキャビネットを覗いた。行きずりの相手の家で一夜を過ごした女性がそうするのをときどき映画で見ていなければ、思いつきもしなかっただろう。キャビネットにはどこの家にもある絆創膏に化膿止め軟膏、市販の整腸剤のほかに、オレンジ色の処方薬の瓶がふたつ入っていた。ラベルにある名前はどちらもコマーシャルで見て知っている。バイアグラと抗鬱薬のウエルブトリンだ。

まだ暗いなか、黄信号が点滅する道路を学校へと戻りながら、気分はどうかとストレインが訊いた。「ショックを受けたりしていなければいいが」

正直な答えを求められているのはわかっていた。あそこを固くした彼に起こされて、ほとんど強引に押し入られたのはいやだったと伝えるべきだ。こんなふうにセックスするのはまだ早かったと。無理強いされた気がしたと。でも、勇気がなくてなにも伝えられなかった。ペニスを握らされたことを思いだすと吐き気がすることも、わたしが泣きだしてもやめてくれなかったのが理解できないことも言えなかった。一度目のセックスのあいだじゅう、家に帰りたいという思いが頭を駆けめぐっていたことも。

「大丈夫」

本心かどうかたしかめるように、ストレインはしげしげとわたしを見た。「よかった。それがなにより大事だからね」

二〇一七年

母からのメッセージ――〝元気？　聞いてよ、なにがあったか。夜中に眠れずにいたら、外で音がしたから一階に下りてポーチの明かりを点けたら、クマがゴミバケツをあさってたの！！！　もうびっくり。ギャッて言って、二階に駆けあがって布団にもぐりこんだの（笑）。いまは気持ちを落ち着けようと、いつものイギリスのお料理番組を見ているところ。やれやれ。ほかにはあまり変わったことはなし。湖の対岸に住んでるマージョリーが肺癌だそうよ。ヤギを飼ってる家の。それで引っ越すそうよ。とても残念。わたしの車は、例のドアの件でリコールになったの。八週間から十二週間はかかるって。代車がおんぼろでね。がっかり。一難去ってまた一難です。とりあえず、近況はこんなところ。たまには母さんに電話して〟

午前十時。まだベッドにいるわたしは、ぼんやりした目でメッセージの中身を理解しようとする。マージョリーが誰なのかも、母の車のドアがどうしたのかも、イギリスの料理番組というのがどれのことなのかも、さっぱりわからない。父が亡くなってから、似たようなメッセージで起こされることが増えた。それでも今日のは句読点がちゃんとしている。いつもは思いつくままに打ったようなとりとめのない内容と、省略だらけの文面のせいで、心配になるほど意味不明なものばかりだ。

メッセージを閉じてフェイスブックを開き、テイラーのプロフィールが更新されていないかチェックする。ほかの名前も検索する。何度も繰り返してきたので、検索バーに一文字目を入力するだけでフルネームが現れる。ジェス・リー、ジェニー・マーフィー。ジェスはボストン在住で、マーケティング関係の仕事を、ジェニーはフィラデルフィアで外科医をしている。写真で見るジェニーは目もとに深い皺(しわ)が刻まれ、茶色の髪には白いものが交じっていて、すっかり中年に見える。どちらのプロフィールにもストレインについての投稿はないが、それも当然だ。ふたりとも現実世界で充実した生活を送っている大人なのだから。昔のことなど覚えているはずもないし、わたしのことだって忘れているかもしれない。

フェイスブックを閉じてグーグルで〝ヘンリー・プラウ　アトランティカ大学〟と

検索すると、一件目に本人の教員紹介ページが表示される。研究室で撮られた十年前と同じプロフィール写真が掲載されていて、本棚にある未開栓の瓶ビールが見えている。その後ふたりで飲むことになったものだ。当時のヘンリーは三十四歳で、いまのわたしと二歳しか違わない。二件目の検索結果はアトランティカ大学学生新聞の二〇一五年の記事だ。〝文学部教授ヘンリー・プラウが教育賞を受賞〟。四年に一度、学生投票で選ばれる賞だ。英語専攻の三年生、エマ・ティボドーが、学生たちは結果に喜んでいると語っている。〝ヘンリーは最高の先生で、いつも励ましてくれ、どんな相談にものってくれます。とにかくすばらしい人なんです。授業を受けて、わたしの人生は変わりました〟

記事の末尾までスクロールすると、〝コメントはこちらから〟と示された空のテキストボックスのなかでカーソルが点滅している。〝「すばらしい人」？　とんでもない〟とそこに入力してみる。でも、どうせ二年もまえの記事で、ヘンリーがそこまで悪いことをしたわけでもない。こんなこと、なんの意味が？　携帯電話をベッドに放り、わたしは二度寝を決めこむ。

身支度をしながら吸ったマリファナでハイになったまま通勤路を歩いていたとき、

ストレインから連絡が入る。手に持った携帯が震え、画面に名前が表示されるのを見て、歩行者の流れをすっかり忘れて歩道の真ん中で観光客よろしく足を止める。携帯を耳にあてたとき、誰かが肩にぶつかる。デニムジャケットの少女――いや、お揃いのジャケットの少女ふたりだ。ひとりは黒髪、ひとりはブロンド。腕を組み、お尻でバックパックをはずませながら歩いていく。昼休みに学校を抜けだして町をうろついている高校生にちがいない。わたしにぶつかった黒髪の少女がちらっと振りむいて言う。「すいません」億劫そうな、いいかげんな調子で。

スピーカーからストレインの声がする。「聞こえたかい。疑いは晴れた」

「問題なしってこと?」

「明日から教室に戻るよ」信じられない、というように笑い声があがる。「てっきりおしまいだと思いこんでいたんだ」

歩道に突っ立ったまま、わたしは髪をなびかせながらコングレス通りを歩いていく少女ふたりを目で追う。彼は教室に戻る、今度もまた無傷で。破滅を期待していたかのように落胆が胸に広がり、そんな自分の意地悪さに狼狽する。きっとマリファナのせいで、心がたちの悪い穴にはまりこんでしまったのだ。出勤前に吸うのはやめよう。大人になって、過去は忘れ、前に進まないと。

「喜んでくれると思ったんだが」

少女たちが脇道に入って見えなくなり、わたしは無意識のうちに詰めていた息を吐きだす。「喜んでる。当然でしょ。ほんとによかった」ふらつく足でまた歩きだす。

「安心した?」

「安心なんてものじゃないよ。残りの人生は獄中だろうと覚悟していたんだから」

大げさな台詞にあきれ顔をしようとして、相手に見られているわけでもないのに、それを引っこめる。ハーヴァード出の上品な英語を話す白人男が刑務所行きになるなどと、彼は本気で信じているのだろうか。ありそうもないことまで心配してみせているようで、なんとなく芝居臭さを感じるが、責めるのは酷かもしれない。追いつめられ、パニックに陥っていたのだから。多少はドラマチックに騒ぐくらいの権利はある。そんなふうに破滅を目のまえにした気持ちは、わたしにはわからない。わたしよりも彼が背負う危険のほうがいつでも大きかった。せめていまくらいはやさしくしないと、ヴァネッサ。なぜいつもそんなに意地悪ばかり?

「お祝いしなきゃ。土曜なら休みがとれる。オープンしたばかりで大人気の北欧料理店があるの」

ストレインが一瞬息を止め、「それはどうかな」と答える。わたしは別の提案をしようと口を開くが――違う店にするか、違う日にするか、こっちに来てもらう代わりにわたしが車でノルンベガへ行くか――彼は続いてこう言う。「いまは用心しないと」用心。その言葉に眉をひそめる。つまりどういうこと?「わたしといるところを見られても、問題なんてないでしょ。三十二歳なんだから」

「ヴァネッサ」

「誰も覚えてないはず」

「覚えているとも」いらだちで口調が鋭くなる。説明するまでもないだろう、と。三十二歳になってもわたしは不適切で危険な存在なのだ。彼の最大の過ちの生き証人なのだ。わたしのことを覚えている人たちはいる。彼が崖っぷちに立たされたのも、人が過去を覚えているせいだ。

「しばらくのあいだ距離を置いたほうがいい。騒ぎがおさまるまで」

呼吸に意識を集中しながら通りを渡ってホテルに近づき、立体駐車場の入り口に立つ駐車係や、路地でのんびり煙草を吸う客室係たちに手を振る。

「わかった。そうしたいって言うなら」

間がある。「そうしたいわけじゃない。そうせざるを得ないんだ」

ロビーのドアをあけると、ジャスミンとシトラスの香りを含んだ空気が顔に吹きつける。わざわざ芳香剤を送風口から流しているのだ。エネルギーが呼び覚まされ、感覚が活性化すると言われる香りを。高級ホテルと見なされるための細やかな配慮というやつだ。

「それがいちばんいいんだ。どちらにとっても」

「これから仕事なの。行かなきゃ」さよならは言わずに電話を切る。その瞬間は勝ったような気分になれたが、デスクにおさまるのと同時に、身の奥に植えつけられた種が根を伸ばし、屈辱の花を咲かせる――今度もまた無造作に捨てられた。ゴミみたいにぽいっと。二十二歳のときも、十六歳のときも。その事実はあまりに露骨で苦く、糖衣でくるんで呑みこんでしまうこともできない。彼はわたしを黙らせたいだけだった。またわたしを利用したのだ。**何度同じことを？**　なんになるっていうの、ヴァネッサ。

デスクについたまま、テイラーのフェイスブックのページを呼びだす。ニュースフィードのトップに、一時間以内に投稿された近況アップデートが表示されている。〝今日、わたしを育み、守ってくれるはずの学校が、加害者の側につきました。残念ですが、驚いてはいません〟。スレッドを開くと、一件目に二十人以上からの〝いいね！〟がついたコメントが現れる。〝本当に、本当に残念です。ほかにも手だてはあるんでしょうか、それともこれで終わり？〟。テイラーの返信を読んで、口のなかが乾く。

〝終わりになんてしない〟

休憩時間、ホテル裏の路地に出て、バッグの底からひしゃげた煙草の箱を引っぱりだす。非常階段にもたれて一服しながら携帯電話の画面をスクロールしていると、歩道をこする靴音に続いて、シーッという声と押し殺した笑いが聞こえる。目を上げると出勤の途中に会ったふたりの少女がそこにいる。路地の入り口に立っていて、ブロンドの子が黒髪の子の腕をつかんでいる。

「頼んでみてよ」とブロンドの子が言う。「ほら」

黒髪の子が一歩足を踏みだして止まり、腕組みをする。「あの。できれば、その……」と言ってブロンドの子を振り返る。そちらは口に拳を押しつけ、デニムジャケットの袖口で笑いを隠そうとしている。

「煙草、もらえません？」黒髪の子が訊く。

二本を差しだすと、ふたりは駆け寄ってくる。「ちょっと湿気ってるけど」「平気です、全然平気、とふたりは答える。ブロンドの子がバックパックの肩紐を片方外し、前ポケットからライターを取りだす。ふたりは互いに火を点けあい、頰をへこませて煙を吸いこむ。間近に立っているので、ふたりのキャットアイラインも、額の生え際の小さなにきびも見える。その年頃の、ストレインが奇跡のように崇める年頃の少女たちに近づくと、自分が彼になったように感じる。ふたりを引きとめるための問いかけが口もとまで出かかって溜まっていく。あふれだしそうになるのを、奥歯を嚙んでこらえる。あなたたち名前は？　何歳なの？　もっと煙草はどう？　ビールは、マリファナは？　彼ならどうするだろうと想像するのはたやすい。女の子をそばにいさせようと必死で、望まれるままになんでも与えるだろう。

少女たちは背中を向けながらお礼を言って、路地を引き返していく。そわそわした様子は消え、指にはさんだ煙草のせいで気だるげな落ち着きを漂わせている。お尻を揺らしながら角を曲がり、最後にこちらをちらっと見て、歩み去る。

ふたりが消えたあとも、しばらくのあいだわたしは路地を眺める。沈みゆく夕日が、ゴミ容器から漏れた水の筋や、アイドリング中の配送車のフロントガラスをきらめかせている。あのふたりの目にはわたしがどう映っただろう。近しさを覚えたのだろうか。思いきって煙草をねだることにしたのは、年は離れていても、本当はわたしも彼女たちのひとりなのだとわかったからだろうか。

煙を吐きだし、携帯を出してテイラーのプロフィールを表示させるが、頭には入らない。心はその場を離れ、駆け足で少女たちを追いかけている。ひしゃげた煙草を手に粋がるふたりをストレインならどう思うだろう。きっと蓮っ葉で、生意気で、危なっかしいと判断するだろう。なんでも受け入れてくれるねと、わたしに身体の向きを変えさせながら彼はよく言った。わたしの従順さを、特別でかけがえのないものだと褒めた。

あの子ならどうするだろう。十代の少女を目にするたび、迷路のようなそんな問いに迷いこんでしまう。担任の教師が触ろうとしたら、彼女はまともな判断をして、手を振りはらって逃げるだろうか。それとも、相手が満足するまでじっとしているだろうか。別の子がわたしと同じ行動をとるところを——悦びに身をまかせ、それを望み、それを中心に人生を築きさえするところを——たまに思い描こうとしてみるものの、うまくいかない。脳が停止し、迷路は闇に呑まれる。なにも考えられない。言葉も浮かばない。

きみがあれほど望んでいなければ、私もこんなことはしなかっただろうねと彼によく言われた。たわごとに聞こえるだろう。あんなことを望む女の子がどこにいる？でも、人が信じようが信じまいが、それが事実だ。あんなことに惹かれ、ストレインに惹かれたわたしは、存在するはずのない少女だった。小児性愛者の前にみずから身を投げだすような。

いや、小児性愛者という言葉は当てはまらない。最初から違った。その言葉を使うのはごまかし、欺瞞だ。わたしを完全な被害者とは呼べないのと同じ意味で。彼はそんなに単純ではなかった。わたしも違う。

ホテルのロビーまでだらだらと引き返す。立体駐車場の一階から地下へ下り、業務用の洗濯機や乾燥機がうなりをあげるランドリー室の前を通りすぎる。階段で客室係のチーフに呼びとめられ、三四二号室に替えのタオルを届けてもらえないかと頼まれる。隔週月曜日に泊まるビジネス客のミスター・ゲッツの部屋だ。

「ほんとにお願いしてもいい？」タオルを手渡しながらチーフがたしかめる。「あの人、うちのスタッフにはセクハラがひどいけど、あなたには愛想がいいから」

三四二号室をノックすると足音が聞こえ、ミスター・ゲッツがドアをあける。上半身裸、腰にはタオル、濡れた髪から水が滴る肩、臍まで続く黒い胸毛。

わたしを見て相手は顔を輝かせる。「ヴァネッサ！　きみが来てくれるとはね」ドアを大きく開いてなかへと顎で示す。「タオルをベッドに置いてもらえるかい」

わたしは入り口でためらい、ドアからベッドまでの距離とベッドからキャビネットまでの距離を目で測る。ミスター・ゲッツは片手で腰のタオルを押さえたままキャビネットまで行って、空いた手で財布をあけようとしている。密室にふたりになるのは避けたい。ダッシュでベッドまで行ってタオルを置き、ドアが閉じないうちに戻る。

「ちょっと待って」ミスター・ゲッツが二十ドル札を差しだす。わたしは首を振ろうとする。タオルの替えを届けたくらいで受けとるチップにしては高額すぎる。あやしまずにはいられないほど、走って逃げだしたくなるほどに。警戒して近づこうとしない迷子の家畜に餌をちらつかせるように、紙幣がひらひらと振られる。室内に戻ってお金を受けとると、ミスター・ゲッツは指でわたしの手を撫で、ウィンクをよこす。

「助かったよ、ハニー」

ロビーに戻ってコンシェルジュデスクに落ち着いてから、二十ドル札を財布に突っこみ、トウガラシスプレーかポケットナイフを買うのに使ってやると自分に言い聞かせる。使うことはないにしても、身につけておけるように。持っているだけで安心できるように。

そのとき、携帯電話がうなる。メールの着信だ。

宛先 vanessawye@gmail.com

差出人　jbailey@femzine.com
件名　ブロウィック校の件について

こんにちは、ヴァネッサ。

わたしは《フェミジン》誌専属記者のジャニーン・ベイリーといいます。現在、メイン州ノルンベガのブロウィック校で起きた性的虐待の申し立てについて取材中です。あなたも一九九九年から二〇〇一年まで同校に在籍されていたと知りました。

英語教師のジェイコブ・ストレインから二〇〇六年に性的暴行を受けたと訴えている卒業生のテイラー・バーチにインタビューした際に、ほかにも被害者がいるかもしれないとのことで、あなたの名前を伺いました。取材を続けるなかで、別の筋からも、同校であなたがジェイコブ・ストレインから性的虐待を受けていたらしいという内容の匿名の情報提供を得ています。

ヴァネッサ、あなたとお話しできればと思っています。記事を書くにあたっては十分な配慮をお約束しますし、被害に遭われた方のお話を尊重し、ジェイコブ・ストレインとブロウィック校の責任を追及するつもりです。性暴力の告発に国じゅうの関心が集まっているいまこそが、大きなインパクトを与えられる絶好の機会だと思っています。とくに、あなたの証言とテイラーの証言を合わせることができれば。

もちろん、ご自分の経験をどこまで記事に公表するかは、あなたの意向に従います。ご自分の言葉で思うところを語っていただけるチャンスだと考えてみてください。ご連絡はこちらのメールアドレスまたは（三八五）八四三―〇九九九へ。何時でもけっこうです。

ご連絡を心からお待ちしています。

ジャニーン

二〇〇一年

その年の冬には誰もがうんざりしていた。強烈な寒さで、夜間はマイナス三十度まで冷えこみ、やがてマイナス十度台まで上がると、今度は雪が降った。何日も何日も。嵐が来るたびに雪だまりの高さは増し、鉛色の空の下、キャンパスは壁に囲まれた迷路と化した。クリスマスに買ったばかりの服はとっくに融雪剤のしみと毛玉だらけになり、残る四カ月の冬の長さを思わずにはいられなかった。教師たちはいらだち、意地悪に思えるほどで、成績指導もひどく厳しくなり、指導教員とのミーティング後は誰もが泣きべそをかく羽目になった。キング牧師記念日の週末、寮のシャワー室の排水口に髪の毛の塊が百万回も詰まり、生徒たちに愛想をつかした清掃員がバスルームに鍵をかけたせいで、トンプスン先生にペーパークリップであけてもらわなくてはならなかった。生徒たちもおかしくなっていた。ある夜、ディアナとルーシーがなくなった靴をめぐって食堂で怒鳴り合いの喧嘩になり、ルーシーはディアナの髪をつかんで放そうとしなかった。

寮監たちは鬱の兆候に目を光らせていた。四年前の冬に十年生の男子生徒が自室で首を吊ったからだ。トンプスン先生は陰鬱な気分を寄せつけまいとあれこれイベントを企画した。ゲームナイトや工作ナイト、お菓子作りパーティー、映画鑑賞会。開催を知らせる派手な色のチラシが、そのたびに部屋のドアの下に差しこまれた。〝季節性情動障害〟かもしれないと感じたら、寮監室で光療法用ライトを浴びることも勧められた。

そのあいだずっと、わたしは半分しかそこにいなかった。脳がふたつに分かれたみたいで、一方はその場にいるのに、もう片方は自分の身に起きたことでいっぱいだった。ストレインとセックスするようになってから、わたしは元いた場所におさまらなくなった。書くものはどれもこれも空虚に思え、トンプスン先生の飼い犬を散歩に連れだすのもやめた。授業中も遠いところからぼんやり眺めているみたいに、まるで身が入らなかった。アメリカ文学の授業中、ジェニーが席を移り、ハナ・レヴェスクの隣にすわるのが見えた。ハナは目をまんまるにして、憧れのまなざしをジェニーに注いでいた。去年はわたしも同じ表情を四六時中浮かべていたはずだ。そう考えても、ぼんやりとした当惑を覚えただけだった。筋がよくわからない映画でも見ているように。本当に、すべてがまがい物のように、現実でないように思えた。どこも変わっていないふりをするしかなかったけれど、すでに周囲とのあいだには、深い谷間のような隔たりが生じていた。セックスのせいでその谷間が生まれたのか、それとも最初からそこにあって、ストレインとのことでようやく気づいたのだろうか。彼は後者だと言った。わたしが人と違うことは、ひと目でわかったと。

「これまでずっと、よそ者のような、はぐれ者のような気がしていなかったかい。賭けてもいいが、物心ついたときから早熟だと言われてきたはずだ。違うかい」

三年生のとき、成績表を家に持ち帰った日のことが甦った。いちばん下の所見欄にはこう書かれていた――〝ヴァネッサは非常に大人びていて、八歳にしてすでに三十歳近くに思えるほどです〟。わたしが本当に子供だったことなど、あったのだろうか。

門限の二十分前、バスグッズ入れとタオルを手に寮のバスルームに入ると、顔を泡だらけにしたジェニーが洗面台の前に立っていた。同じ寮で暮らしているので顔を合わせないわけにはいかないものの、頻度を下げる工夫はしていた。ジェニーの部屋の前を通らずにすむように裏階段を使ったり、シャワーの時間をできるだけ遅くしたり。アメリカ文学の授業で会うのは避けられないが、そのあいだはストレインのことばかり見ているので、ジェニーを無視するのはたやすかった。ほかのクラスメートはすでに目にも入らなかった。

だから、去年と同じ薄汚れたバスローブにビーチサンダル姿のジェニーと鉢合わせしたわたしは、ぎょっとしてとっさに廊下へ戻ろうとした。ジェニーが呼びとめた。

「逃げなくてもいいでしょ」うんざりしたような、どうでもよさそうな声だった。

「そこまでわたしが嫌いじゃなければ」

ジェニーはマッサージするように洗顔料を頬にこすりつけた。学年がはじまったころにはボブだった髪はすっかり伸び、雑なお団子にしてほっそりしたうなじにまとめられている。以前はよく、うなじの細さを気にしているふりをして、わたしに愚痴ってみせたものだ。藁の先にボールをのせてるみたいとか、茎のついた花みたいとか。華奢な指や二十三センチの靴のサイズについても同じで、しょっちゅう話に持ちだしては、わたしをひどくうらやましがらせた。いまもジェニーがうらやましいだろうか？ときどき授業中にストレインがジェニーの背筋に視線を這わせ、明るい茶色の髪に目を留めるのに気づくことがあった。かわいらしいクレオパトラ。「あなたの首は完璧だってば、ジェニー」とわたしはいつも答えた。「知ってるくせに」そう、彼女は知っていた。どう考えても。わたしの口から言わせたいだけだ。

「嫌ってなんかない」わたしは言った。

ジェニーが鏡ごしに疑わしげな視線をよこす。「へえ、そう」

あなたのことなんて、正直もうどうでもいいと伝えたら傷つくだろうか。友情の終わりがこの世の終わりみたいに思えたのも、その友情をかけがえのないものに感じていたのも、なぜなのか思いだせないと。いまはただ気恥ずかしかった。成長とともに卒業したものをみなそう感じるように。ジェニーがトムと付きあいはじめたとき、わたしは惨めだった。トムはどこにでも現れて、食事のたびにいっしょにすわり、代数の授業のあとには教室の外で待っていて、隣の棟に移動する二分のあいだでさえジェニーのそばにいようとした。嫉妬などしていないとわたしは心で否定したけれど、もちろん嫉妬していた。ふたりのどちらにも。すべてを自分のものにしたかった。恋人も親友も。ほかの誰かが割りこむ余地がないほど好きでいてくれる誰かを。それは胸を疼かせるような圧倒的な欲求で、自分にも抑えようがなかった。そんな望みは抱いても無駄で、表に出すなどもってのほかだとわかっていたのに、ぶちまけずにはいられなかった。ある土曜日の午後、町なかのパン屋で、わたしはジェニーに怒りをぶつけ、癇癪を起こした幼児みたいに泣きわめいた。その日は恋人がいなかったころに戻ったみたいに、ふたりで過ごそうと約束していた。なのに一時間もしないうちにトムが現れ、わたしたちのテーブルに椅子を寄せてジェニーの首もとに顔を押しつけたのだ。もう限界。わたしはキレた。

四月末にその事件が起きるまで、わたしは何カ月も怒りをくすぶらせていた。だからジェニーも驚いた様子はなく、わたしの心のダムが決壊するのを待っていたかのように、すぐに答えを出した。部屋に戻ったとたん、こう言ったのだ。「あなたがわたしにべったりしすぎだって、トムが言ってる」〝べったりしすぎ〟とはどういう意味かと訊き返すと、ジェニーは肩をすくめてごまかした。「彼がそう言ってただけ」トムにどう言われようと平気だった。ろくに口もきかないし、興味を引かれるところといえば着ているバンドTシャツくらいしかない、平凡な男子だから。それよりも、〝べったりしすぎ〟という言葉をジェニーがそのまま伝えたことのほうがショックだった。女同士でべったりしすぎというのがどういう意味かと考えると、全身の毛が逆立った。「べったりなんかしてない」わたしがそう言うと、ジェニーはそのときも疑わしげな目で見た。へえ、そう。だったらそういうことにしときましょ、ヴァネッサ。それ以上言いあらそうのはやめた。代わりに心を閉ざし、ジェニーに話しかけるのもやめ、そうやってはじまった冷戦状態がこれまで続いてきた。心の奥ではジェニーの言うとおりだと知っていた。彼女への思いが強すぎて、忘れることなど想像もできなかった。なのに、一年もしないうちに、すっかりどうでもよくなった。

ジェニーが洗面台に身を乗りだして洗顔料を洗い流し、タオルでぽんぽんと顔を拭きながら言った。「ひとつ訊いてもいい？　あなたの噂が耳に入ったんだけど」

回想から引きもどされ、わたしは目を瞬いた。「噂って？」

「言いたくない。だってすごく……ほんとのはずはないだろうけど」

「いいから言って」

ジェニーが言葉を探すように唇を引き結んだ。やがて、小声でこう言った。「あなたがストレイン先生と付きあってるって」

ジェニーはわたしの反応を待った。当然返ってくるはずの否定を。でも、わたしは呆然として声も出なかった。望遠鏡を逆から覗いたようにジェニーが遠くに見えた。タオルがあてられたままの頬も、赤らんだ首も。ようやく言葉を絞りだした。「違う」

ジェニーはうなずいた。「だと思った」そして洗面台に向きなおり、タオルを置いて歯ブラシを持つと蛇口をひねった。水音が耳の奥で潮騒のように響いた。バスルームそのものも水中に変わり、タイルの壁が波打ちはじめる。

ジェニーが洗面ボウルに泡を吐き、水を止めて、返事を待つようにわたしを見た。

「でしょ?」

いつのまに話していたんだろう。歯を磨きながら? わたしは口をぽかんとあけて首を振った。ジェニーの目の奥になにかを察したような色が浮かんだ。

「ちょっと変じゃない? 放課後いつも先生の教室にいるでしょ」

ストレインはわたしから目を離すまいとするように、どこにでも現れるようになった。食堂で教職員用のテーブルからわたしの様子を窺ったり。自習時間には図書館にやってきて、真向かいの書架で本を探すふりをしたり。フランス語の授業中に教室の前を通るたび、開いたドアごしにわたしを盗み見たり。見張られているのはわかっていたけれど、追い求められているようでもあり、窮屈に思いながらもうれしかった。

ある土曜日の夜、わたしはシャワー後の濡れた髪のままでベッドに入り、目の前に教科書を広げていた。寮内はひっそりと静かだった。その日は室内陸上競技会とバスケットボール部の遠征試合に加えて、シュガーローフ・スキー場でのスキー大会も行われていた。うとうとしかけたとき、ノックの音がしてわたしは飛び起き、教科書を床に落とした。ストレインがそこにいるような気がして急いでドアをあけた。手をつかまれ、連れだされるのをなかば期待していた。彼の車へ、家へ、ベッドへと。けれども明るい廊下には閉じたドアが並んでいるだけで、右にも左にも人影はなかった。

別の日の午後、教室の奥の教員室にいるとき、昼休みにどこにいたのかとストレインに訊かれた。午後五時の人文学科棟は人けがなくなり、明かりも消えていた。教員室はクロゼットに毛が生えたくらいの広さで、机と椅子、肘掛けがすり切れたツイード張りのソファだけでいっぱいだった。古い教科書や昔の教え子の書類が詰まった箱であふれかえっていたその部屋を、ふたりで使うために彼が片づけたのだ。廊下からは鍵のかかる二枚のドアで隔てられているので、絶好の隠れ家だった。

わたしはソファの上で膝を抱えた。「部屋に戻ってた。生物の宿題をしに」

「誰かと内緒話でもしているのかと思ったよ」

「まさか」

ストレインはソファの反対側の端に腰を下ろし、わたしの両足を膝にのせて、机の上の採点用紙の山から一枚を取った。しばらくのあいだふたりで黙ってすわったまま、彼は採点を続け、わたしは歴史の課題に目を通していた。やがて彼が口を開いた。

「われわれのことは、ふたりのあいだにしっかり留めておく必要がある」

なにが言いたいのかと、わたしは目を上げた。

「友達に打ち明けたくなったりするだろう?」

「友達なんていない」

ストレインはペンと紙を机に戻して、わたしの両足に手を置いて少し揉んだあと、今度は足首をつかんだ。「きみのことは信頼している、本当だ。ただ、このことを秘密にしておくのがどれほど重要か、わかってくれているかと思ってね」

「もちろん」

「真面目に考えてもらわないと困る」

「真面目に考えてる」わたしは足を引っこめようとした。足首を強くつかまれて動けない。

「もしも発覚すればどういう事態になるか、本当に理解できているかい」返事をしようとしたが、さえぎられた。「まず間違いなく、そう、私はクビになる。だがきみのほうもきっと退学になる。その手のスキャンダルを起こせば、ブロウィック校にはいられない」

まさか、とわたしは彼を見た。「退学になんてならない。わたしのせいにはされないし」そして、本心から言っているわけではないことが伝われればと願いながら、続けた。「だって、法的には未成年だから」

「そんなことは関係ない。上の連中は、問題のある者は残らず排除する。それがここのやり方なんだ」

ストレインは頭をのけぞらせ、天井を相手にするように話しつづけた。「運がよければ校内での処分ですむだろうが、法執行機関に話が行けば、私はまず間違いなく刑務所送りになる。きみは施設にあずけられるだろうね」

「やめてよ」わたしは鼻で笑った。「施設なんて」

「どうかな」

「忘れてるかもしれないけど、ちゃんと親はいるから」

「ああ、だが子供を変質者と付きあわせるような親を州は認めない。そう、私はその烙印を捺(お)されることになる。いわゆる性犯罪者だ。私が逮捕されたあと、次の措置はきみを州の保護下に置くことだ。きっと悲惨な場所に送られる。少年院から出たばかりの問題児たちが集まるグループホームだ、そこでどんな目に遭うか。そうなれば将来は台無しだ。大学へも行けない。高校卒業さえあやしくなる。信じられないかもしれないがね、ヴァネッサ、社会の仕組みがどんなに残酷なものか、きみは知らない。隙あらば全力でこちらの人生を破滅させようとする――」

そんなふうに話は続いたものの、頭がついていかなかった。大げさな気もしたけれど、すっかり圧倒されてしまい、自分がどう思うのかさえあやふやになってきた。どんなに荒唐無稽なことでも、彼に言われるとそうかもしれないと思ってしまう。「わかった。一生誰にも言わない。人に話すくらいなら死ぬ。それでいい？　死んでやる。だから、この話は終わりにできない？」

とたんにストレインはわれに返り、眠りから覚めたように瞬きをした。そして両手を伸ばしてわたしを抱き寄せた。「ごめんよ、ごめんよ」と謝り、しまいにその言葉が意味をなさなくなるほど何度も繰り返した。

「怖がらせるつもりはなかったんだ。ただ、あまりに危険が大きいものでね」

「そんなの知ってる。わたしだってばかじゃない」

「もちろんばかじゃない。わかってるとも」

フランス語のクラスではケベックシティへ週末旅行に行った。モケット織りの座席と小さなテレビモニターつきの貸切バスに乗って、早朝に出発した。わたしは後ろ寄りの窓際の席にすわり、バックパックからディスクマンを取りだして、自分だけ隣にすわる相手がいなくても平気なふりをした。

最初の二時間は窓の外を流れる丘陵地帯や畑を眺めて過ごした。カナダ国境を越えても風景は変わらないまま、道路標識がフランス語に切り替わった。最前席のローラン先生が立ちあがって生徒に呼びかけた。「ご覧なさい（ルガルデ）！」標識が近づくたびに指差し、声に出して読みあげさせた。「東（エスト）、停止（アレット）……」

　ケベック州の田舎町で、バスはトイレ休憩のためにドーナツチェーン〈ティムホートンズ〉にとまった。店の前に公衆電話が見つかり、ポケットには寂しくなったらかけてくるようにとストレインから渡されたテレフォンカードが二枚入っていた。受話器を手にして番号を押しはじめたとき、ジェス・リーが黒のロングコートをマントのようになびかせて店内から出てきた。少し遅れて、ルッソ家の双子のマイクとジョーがにやにや笑いを浮かべて現れ、肘でつつきあいながら、声をひそめもせずにジェスのことをあざけりはじめた。「見ろよ、闇の王子がいるぜ」「いや、トレンチコートマフィアだろ」ゲイとはやしたてるのは行きすぎなので控えているが、本当はコートではなく、そのことをからかっているようだった。顎を引き、奥歯を噛みしめたジェスの顔を見ると、ふたりの声が聞こえてはいるものの、プライドが邪魔をしてなにも言えずにいるのがわかった。わたしは受話器を置いてそこへ駆け寄った。

「ねえ！」そう言って親しげにジェスに笑いかけた。後ろにいるルッソ家の双子が笑うのをやめた。ただしわたしのせいというより、バスのそばでスウェットシャツを脱いだマーゴ・アサートンのTシャツがずりあがり、お腹が十五センチほどあらわになったせいだったが、それでもいいことをしたような気分になれた。ジェスはバスに乗りこんで座席にすわるまでなにも言わなかった。でも、発車のまえに荷物をまとめて通路を後ろへ進み、わたしのそばへやってきた。

「ここにすわっても?」そう訊いて空いた座席を指差した。わたしはヘッドフォンを外してうなずき、バックパックをどけた。ジェスは腰を下ろすとため息をついて頭を後ろにもたれさせた。バスが振動とともに発進し、駐車場を出て高速道路に戻るまで、そのまま動かなかった。

「あいつら、最低だね」

ジェスがぱちりと目をあけて、鋭く息を吸いこんだ。「そんなにひどくもないさ」そう言って小説を開くとわずかに上体を向こうに向けた。

「でも、あなたのことからかってた」ジェスが気づいていなかったかのように、わたしは言った。

「ほんとに、気にしてない」ジェスは本から目を離さずに答えた。そして黒いマニキュアが剝げかけた指でページを繰った。

ケベックシティに着くと、ローラン先生がわたしたちを率いて石畳の通りを進み、歴史的建造物をあれこれ指差した。これがノートルダム大聖堂、あちらがシャトー・フロンテナック。集団から遅れたジェスとわたしはなんとなくふたりになり、大きな花崗岩の台の上で行われるパントマイムを眺めたり、ケーブルカーに乗ってアッパータウンとローワータウンを往復したりした。ジェスは安っぽい土産物ばかり買った。露天商の老婆が売っているシャトー・フロンテナックの水彩画だとか、ウィンター・カーニバルの情景が背に刻まれたスプーンとか。スプーンはわたしにくれた。一時間後、面倒なことになるだろうと覚悟してクラスメートたちに合流すると、わたしたちが消えたことに誰ひとり気づいていなかった。午後の残りも同じようにジェスとふたりで集団を離れて旧市街の通りをぶらつき、ほとんど話はせずに、たまに面白いものや奇妙なものを見つけたときだけ肘で知らせあった。

旅行の二日目、公衆電話からストレインの家に何度もかけてみたけれど、応答はなく、留守電を残す気にもなれなかった。ジェスは誰にかけているのか訊かなかった。訊くまでもなかった。

「校内にいるんじゃないか。今日は図書館のコーヒーハウスでオープンマイクのイベントがあるから。人文学科の教員はみんな行くらしい」

テレフォンカードをポケットにすべりこませながら、わたしはジェスをまじまじと見た。

「心配はいらない。誰にも言わないから」

「なんでわかったの？」

冗談だろ、と言いたげな目が返ってきた。「ずっとふたりでいるから。とっくにばればれさ。それに、こっちは間近で見てるしね」

ストレインから聞いた施設と刑務所の話が頭をよぎった。いまの自分の答えが、ジェスに打ち明けたことになるかはわからないが、念のために「違う」と否定した。ひどく情けない声になり、またジェスにもの言いたげな目で見られた。まったく。

日曜日の朝、帰途についた。バスに一時間揺られたころ、ジェスがため息とともに小説を裏返して膝に置き、わたしのほうを向いてヘッドフォンを外せと手で合図した。

「ばかなことをしてるとわかってるんだろ？　というか、ありえないほど愚かなことを」

「なんのこと？」

長々と視線が注がれた。「先生と付きあってることさ」

とっさに周囲の座席に目を走らせたが、誰にも気づかれなかったようだ。みんな眠っているか、本を読んでいるか、でなければヘッドフォンを着けている。

ジェスが続けた。「不道徳だのなんだのと言う気はない。ただ、きみの人生がめちゃくちゃにされるかもしれない」

ぐさりと来たが、それを押し隠して、危険を冒すだけの価値はあるからと答えた。ジェスにはどう聞こえただろう。盲目的、大胆、その両方？　ジェスは首を振った。

「なに？」

「きみはいかれてる。それだけだ」

「へえ、ありがと」

「悪い意味じゃない。ぼくだって、別の意味でいかれてる」

ジェスにそう言われて、ストレインに暗い（ダークな）ロマンティストと呼ばれたことを思いだした。どちらも、愚かな選択をしがちという意味にとれる。別の日にストレインから〝抑鬱的〟だと言われたこともあり、意味を調べてみた。憂鬱に陥りやすい性質とあった。

大嵐がノルンベガを襲い、目覚めるとキャンパスは一センチを超す氷に覆われてきらめいていた。木々の枝は重みでたわんで地面に垂れ、足もとの分厚い雪はブーツで歩いても崩れないほどかちかちだった。土曜日の午後、ストレインの教員室のソファで、初めて明るいなかでセックスした。終わったあと、わたしは彼の裸を見ないように、緑がかったガラスごしの冬の薄日に舞う埃を眺めていた。彼はわたしの青い静脈を地図のように指でたどりながら、どれほどわたしに欲望をかきたてられるかと話した。食べてしまいたいくらいだと。わたしは無言で腕を差しだした。どうぞ。軽く噛まれただけだったが、きっと身体を引き裂かれてもおとなしくしていただろう。なにをされても。

二月になると、わたしの隠しごとは上手くなり、下手にもなった。毎週土曜日の実家への電話でストレインの名前を出すのはやめた。でも、教室で過ごすのはやめられなかった。すっかり入りびたっていた。オフィスアワーにほかの生徒たちが宿題の質問をしに来ても、わたしはテーブルを離れず、自分の作業に集中しているふりをしながら、耳が熱くなるほど熱心に盗み聞きをした。

ある日の午後、ふたりきりでいたとき、ストレインがブリーフケースからポラロイドカメラを出して、テーブルのところで写真を撮らせてくれないかと言った。「そこにすわっている姿を覚えておきたいんだ」とたんにわたしは照れくささで笑いだし、しきりに顔をいじり、髪を撫でつけた。写真は大の苦手だ。「いやならいいんだ」そう言われたけれど、熱っぽいまなざしを見て、ひどく大事なことなのがわかった。断ったら傷つけてしまう。だから言われるままに何枚か写真におさまった。テーブルについたところ、彼のデスクチェアにすわったところ、それから教員室のソファに横すわりして膝にノートをのせたところ。彼はひどく喜んで、写真が現像されるのを満面の笑みで見つめていた。そしていつまでも大事にするよと言った。

別の日の午後、ストレインはわたしに読ませようと新しい本を持ってきた。ウラジーミル・ナボコフの『青白い炎』を。渡されてすぐにページを繰ってみると、それは小説ではないようだった。長篇詩とその註釈で構成されている。

「この本は難しいよ。『ロリータ』よりとっつきにくい。読み手に判断を手放すことを求める類いの小説だからね。理解しようとするんじゃなく、感じるんだ。ポストモダニズムの……」わたしのがっかりした顔を見て、彼は言葉を途切れさせた。『ロリータ』みたいな話がよかったのに。

「ここを見てごらん」わたしの手からペーパーバックを取ると、彼は途中のページを開いて連のひとつを示した。「ほら、ここがきみのことみたいなんだ」

来ておくれ、賛美され、愛撫されるために

わが黒きヴァネッサ
深紅の帯ある聖なる美しき蝶よ
教えておくれ
黄昏(たそがれ)迫るあのライラック小路で
なぜきみは無骨なわたしに
感情たかぶるこのジョン・シェイドに
その顔、その耳、その肩までを
涙で濡らすままにさせたのか

息が詰まり、顔がかっと熱くなった。

「不思議だろ?」ストレインが笑みを浮かべてページに目を落とした。「来ておくれ、賛美され、愛撫されるために、わが黒き(ダーク)ヴァネッサ」そう言ってわたしの髪を撫で、ひと房を指に巻きつけた。カエデ色の髪、深紅の帯を。ジョナサン・スウィフトの詩を見せられたときに自分が言ったことが頭に甦った。なにもかも運命みたいな気がするという言葉が。あのときは本気じゃなかった。彼とのことを喜び、望んでいると伝えたかっただけだった。けれども、こうしてまたページに現れたわたしの名前を見ると、高いところから落下するような、制御不能に陥ったような感覚に襲われた。本当にこうなる定めだったのかもしれない。このために生まれてきたのかもしれない。

背中に手を置かれ、身を寄せあって本を覗きこんでいると、禿げ頭の年配教師のノイズ先生が教室に入ってきた。わたしたちはぱっと身を離し、わたしはテーブルに、ストレインは机に戻った。見られたのは明らかだった。でも、ノイズ先生は平然としていた。「お気に入りの生徒かい」よくあることだというように、笑いながら言っただけだった。人目をそんなに気にする必要が本当にあるんだろうかとわたしは思った。学校にばれたとしても、破滅するわけじゃないかもしれない。ストレインが軽い注意を受けて、わたしが卒業して十八歳になるまで待てと言われるだけですむかもしれない。

ノイズ先生が出ていったあと、わたしはストレインに訊いた。「こういうことをした生徒と先生はほかにもいた？」

「こういうこと？」

「だから、こういうこと」

ストレインが机から顔を上げた。「話には聞くね」

そして、読んでいるものに目を戻したので、次の問いが舌の先でつっかえた。口に出すまえに両手を見下ろした。答えは彼の表情でわかるだろうから、顔を見たくなかった。本当は知りたくない。

「あなたは？　これまで、ほかの生徒とした？」

「そう思うかい」

はっとして目を上げた。自分はどう思っているんだろう。なにを信じたいか、なにを信じるべきかはわかっていても、わたしと出会うまえの彼の過去がそのとおりだとはかぎらない。わたしの人生とほぼ同じだけの年月、彼は教師を務めてきたのだから。

言葉に詰まるわたしを見ていたストレインの顔に、ゆっくりと笑みが浮かんだ。

「答えはノーだ。欲望に駆られはしても、危険を冒すだけの価値を感じなかったということだろうね。きみが現れるまでは」

有頂天な気持ちをごまかそうと顔をしかめてみせたけれど、その言葉は否応なくわたしの胸を押しひらいた。手を突っこめば、なんでもつかみ放題だ。わたしは特別。わたしは特別。わたしは特別。

『青白い炎』を読んでいると、在室確認に来たトンプスン先生がノックした。ドアの隙間から覗きこんだその顔はノーメイクで、髪はシュシュでひっつめにされていた。

わたしがいるのを確認して、先生はリストにチェックをつけた。

そして、「こんばんは、ヴァネッサ」と部屋に入ってきた。「金曜日に帰省するときは、記録簿にサインしていってね。クリスマス休暇のときは忘れたでしょ」

先生がさらに一歩近づいたので、わたしは読んでいたページを折って本を閉じた。文中に自分の名前をもうひとつ見つけたせいで、めまいを覚えていた。主人公が住んでいるのは〝ニュー・ワイ〟という町なのだ。

「宿題は進んでる?」

ストレインにトンプスン先生のことを尋ねたことはなかった。ハロウィンのダンスパーティー以来、ふたりがいっしょにいるところは見ていないし、初めてセックスしたとき、彼は〝深い仲〟になるのはひさしぶりだと言っていた。セックスしていないなら、ふたりはただの友達で、嫉妬する必要はない。それはわかっている。それでも、トンプスン先生がそばにいると意地悪な気持ちが頭をもたげ、自分のしていることを、自分にどんなことができるかを、ついほのめかしたくなった。

わたしは本の表紙が見えるように置いた。「宿題じゃありません。あ、そうとも言えるかも。ストレイン先生に薦められた本なので」

いらつくほど、にこやかな笑みが返された。「ストレイン先生の授業に出ているのね」

「はい」わたしはまつ毛ごしに上目遣いで相手を見た。「わたしの話、聞いてませんか?」

先生の額の皺(しわ)が深くなった。ほんの一瞬だけ。注意して見ていなければ、気づきもしなかったはずだ。「聞いてないと思うけど」

「へえ、意外。けっこう仲がいいのに」

相手の顔に疑念が広がるのが見えた。なにかを察したような表情が。

翌日の午後、ストレインが職員会議に出ているあいだ、わたしは彼のデスクチェアに腰を下ろした。そんなことをするのは初めてだった。ドアが閉じていて、人目がないのをたしかめてから、未採点の宿題の山や授業計画の書類をぱらぱらとめくり、中央の浅い抽斗(ひきだし)をあけた。なかには妙なものばかり入っていた。封のあいたガムドロップの袋、鎖が千切れた聖クリストフォロスのペンダント。下痢止め薬の瓶にげんなりして、奥へ押しこんだ。

コンピューターにも面白いものは見つからないはずだった。授業関係の書類が入ったファイルがひとつあるきりで、学校のメールアドレスもほとんど使われていなかったが、スクリーンセーバーを解除すると、タスクバーに通知が表示された。melissa.thompson@browick.edu からの新着メール（1件）。それをクリックして開いた。メールは別のメールの返信で、三件がひと続きになっている。

宛先　jacob.strane@browick.edu

差出人　melissa.thompson@browick.edu

件名　生徒についての懸念

こんにちは、ジェイク……直接お話ししようかと思ったけれど、メールでお伝えすることにしました……文字にしたほうがいいかと思って。ゆうべ、ヴァネッサ・ワイとの話のなかにあなたのことが出てきて、ちょっと気になりました。あなたのクラスの宿題をしているところだったのだけど、あなたと〝仲がいい〟と言うの。その言い方が……なんとなく対抗心というか……独占欲らしきものまで感じられて。あなたに熱をあげているのは間違いないから……用心したほうがよさそうよ。あなたの教室に入りびたっていると言っていたでしょう？　とにかく気をつけて :)

メリッサ

宛先 melissa.thompson@browick.edu
差出人 jacob.strane@browick.edu
件名 RE: 生徒についての懸念

メリッサ、
知らせてくれてありがとう。気をつけるよ。

J・S

宛先 jacob.strane@browick.edu
差出人 melissa.thompson@browick.edu
件名 RE: RE: 生徒についての懸念

どういたしまして……余計なお世話じゃなければいいけれど……なんとなく引っかかったので。今日は顔を見られないかもしれないけど、いい週末を :) メリッサ

わたしはメールのやりとりを閉じ、トンプスン先生から送られた最新のメールを未読に戻した。ストレインの返信のそっけなさにも、トンプスン先生の落ち着きのない

文章にも笑ってしまった。スマイルマークやら、切れ切れのセンテンスをつなぐ三点リーダーやらに。トンプスン先生は頭がよくないのかも、少なくとも、わたしほどではないのかもしれない。教師のことをそんなふうに思うのは初めてだった。

職員会議から戻ったストレインは不機嫌で、黄色いリーガルパッドを雑に机に置くと、ため息とうめきが入り混じった声を漏らした。「この学校も終わりだな」そうつぶやくとコンピューターの画面に目を留めて訊いた。「これに触ったかい」わたしは首を振った。「そうか」彼はマウスを手にしてクリックをはじめた。「パスワードを設定したほうがいいな」

オフィスアワーが終わり、ストレインがブリーフケースに荷物を詰めているとき、わたしは自分の声とは思えないほど、ひどく気のない調子で言った。「トンプスン先生が寮監なの、知ってるでしょ」

彼が返事を決めるのを待つあいだ、そちらを見なくてすむようにコートを着た。

「ああ、知ってるよ」

わたしはファスナーを首もとまで上げた。「あの人とは友達なの？」

「ああ」

「ハロウィンのダンスパーティーの日、いっしょにいるのを見たんだけど」ちらっと様子を窺うと、ストレインは眼鏡をネクタイで拭いてから、かけなおした。

「メールを読んだんだね」わたしが無言でいると、彼は腕組みをして、教師ぶった目でこちらを見据えた。だめじゃないか。

「友達以上だった?」

「ヴァネッサ」

「質問してるだけ」

「ああ、だが、含みのある質問だな」

わたしはファスナーを上げ下げした。「どっちでも気にしない。知りたいだけ」

「なんのために?」

「だって、あの人がわたしたちのことに気づいたら? 嫉妬して、きっと――」

「きっと?」

「わからない。いやがらせとか?」

「ばかばかしい」

「あんなメールを送ってきたじゃない」

ストレインは椅子に身をあずけた。「この問題のいちばんの解決法は、きみが私のメールを読まないことだ」

わたしは目で天井を仰いだ。そうやってごまかすのは、真実をわたしに知られたくないからで、おそらく彼とトンプスン先生は友達以上の関係だということだ。セックスだってしたかもしれない。

わたしはバックパックを肩にかけた。「ちなみに、ノーメイクのあの人の顔を見たことあるけど、あんまりきれいじゃなかった。それに、ちょっとデブだし」

「こらこら」彼がたしなめた。「悪口みたいだぞ」

わたしはにらんだ。もちろん悪口だ。わざと言っているのだ。「もう行く。一週間は会わないから」

教室のドアを開けようとすると声が追ってきた。「嫉妬なんかするんじゃない」

「してない」

「してるだろ」

「してないってば」

立ちあがったストレインが机の向こうから出てきて教室を横切り、そばまで来た。わたしの肩ごしに照明のスイッチを切ると、顔を両手ではさんで額にキスをした。

「わかった」やさしい声だった。「わかった、きみは嫉妬なんてしていない」

わたしはおとなしく抱きしめられ、胸に頰をうずめた。彼の鼓動が耳に響く。

「きみが私のまえにどんな相手と戯れていようが、妬いたりしないよ」

戯れ。声に出さずにそう言ってみながら、それはわたしが願っているような意味だろうかと考えた。トンプスン先生となにかあったにしろ、もう終わったことで、わたしとのこととは違って本気じゃなかったらいい、そう願っていた。

「きみと出会うまえのことはどうしようもない。きみも同じだ」

わたしの場合、彼のまえにはなにも、一切なにもなかったけれど、要点はそこじゃない。彼はわたしになにかを求めている。許しというより追及しないことを、あるいは深く考えないことを。過去の行いを詮索しないことを。

「わかった。もう嫉妬はしない」わたしは心が広いんだ、彼のために我慢するんだと思った。ひどく大人になった気がした。

＊

昨年の夏にわたしが不幸のどん底だったとき、母は励ますつもりで男の子の話題を持ちだした。ジェニーとのあいだになにがあったのか、よくわかっていなかったのだ。落ちこみの理由はトムで、わたしがトムを好きなのに彼が選んだのはジェニーだったとかなんとか、そういうありがちな話だと思っていた。目の前にあるもの以外に男の子たちが注意を向けられるようになるには、時間がかかるの。母はそう言って、木から落ちたリンゴの喩え話をはじめた。はじめのうち男の子たちは手近なリンゴを拾うけど、そのうち最高のリンゴを手に入れるにはもう少し努力が必要だと気づくのよ、と。大きなお世話だ。

「つまり女の子は、男の子に食べられるためだけに存在する果物ってこと？　それって、性差別っぽい」

「いいえ、そんなことを言いたいんじゃない」

「要するに、わたしはまずいリンゴってことでしょ」

「違う、ほかの女の子たちのほうがまずいリンゴなの」

「なんで女の子がまずいリンゴにならないといけないの？　そもそも、なんでリンゴ？」

母は深々とため息をつき、てのひらの付け根を額に押しあてた。「ほんとにもう、難しい子ね。わたしが言いたいのは、男の子が成熟するのには時間がかかるってこと。あなたに落ちこんでいてほしくないの」

慰めるつもりだろうが、言っていることはつまりこうだ——男の子たちがわたしに目もくれないのは、わたしがかわいくないせいで、かわいくなければ、誰かに気づいてもらえるまで長いあいだ待たないといけない。男の子が見た目以外にも目を向けるには、成熟する必要があるから。そのあいだ、わたしにできるのは待つことだけらしい。バスケットボールの試合で男の子たちがプレーするのを観客席で見ているだけの女の子たちのように。ビデオゲームで遊ぶ男の子たちをソファで眺めているだけの女の子たちのように。いつもいつも、待ってばかりだ。

いま思えば、母の言ったことはまるきり的外れで笑ってしまう。選択肢はほかにもある、選ぶ勇気さえあれば。男の子はあっさりパスして、大人の男の人と付きあえばいい。待たせたりしない人と。愛に飢え、ほんのひと欠片のやさしさに感激し、足もとにひざまずかんばかりに溺愛してくれる人と。

二月の休暇の帰省中、母とスーパーへ行ったときに、ためしに連れのいない男性客たちに視線を送ってみた。醜男にも、というより、とくに醜男に。そんなふうに若い娘に見つめられたのはひさしぶりかもしれない。気の毒だと思った。どんなにもどかしく、どんなに孤独で悲しいだろう。視線に気づくと、彼らは明らかにとまどい、わたしの意図を探るように眉根を寄せた。ほんの何人かは、わたしがどんな娘かに気づいて、こちらを見つめ返しながら顔をこわばらせた。

一週間もわたしの声が聞けないのは耐えられないとストレインは言った。それで、休暇が半分ほど過ぎたある夜、両親が寝床に入ったあとで、わたしは電話の子機を部屋に持ちこみ、音が漏れないようにドアの下を枕でふさいだ。そして胃がひっくり返りそうな思いで番号をダイヤルした。寝ぼけたような応答を聞いて、すぐには言葉が出なかった。寝返りを打って電話に出たところが浮かんで、とたんにがっかりしたのだ。午後十時には寝てしまう老人みたいだ。

「もしもし?」いらだったように声が大きくなる。「もしもし?」

わたしは気を取りなおした。「わたし」

ふうっと息が吐きだされ、名前を呼ばれた。サの音が歯の隙間でシュッと鳴った。寂しいよと彼は言った。休暇中にあったことを聞かせてほしい、なにもかも知りたいんだと。わたしはできるだけ詳しく日々のことを話した——ベイブの散歩、町での買い物、夕日の沈む湖での氷上スケート。両親のことには触れずに、どれもひとりでしたように語った。

「いまはなにをしてる?」ストレインが訊いた。

「部屋にいる」次の質問を待ったが、彼は黙っていた。また眠ってしまったのだろうか。「そっちはなにしてる?」

「考えている」

「なにを?」

「きみのことを。それに、きみがこのベッドにいたときのことを。どんなふうに感じたか覚えているかい」

イエスと答えたものの、わたしが感じたことと彼が感じたことはきっと別物だと思う。目を閉じると甦るのはフランネルのシーツの感触と、羽毛布団の重みだった。わたしの手首を握って下のほうへ導く彼の手と。

「いまはなにを着ている?」

とっさにドアに目をやり、息を殺して、両親の寝室からなにか聞こえないかと耳を澄ました。「パジャマ」

「私が買ったみたいな?」

違うと答えて笑った。両親の前であんな姿になるなんて。

「どんなデザインか知りたいな」

わたしはパジャマに目を落とした。犬の顔と消火栓と骨の絵柄の。「ダサいから、気に入らないと思う」

「脱いで」

「凍えちゃう」わざと軽い調子で言い、無邪気を装ったけれど、なにを求められているかはわかった。

「脱いで」

彼は待ち、わたしは動かずにいた。「脱いだ？」と訊かれると、うん、と嘘をついた。

そこからはずっと、してほしいことを告げられるたびに、じっとしたまま、したふりだけを続けた。気がのらず、少しわずらわしく思っていると、やがて彼が「ああべイビー、なんてかわいいんだ」と言いはじめた。すると、なにかがわたしのなかで切り替わった。自分に触りはしないけれど、目を閉じて、彼がどんなことをしていて、そのあいだどんなふうにわたしを思い浮かべているかを想像していると、身体の奥が疼きはじめた。

「頼みを聞いてくれるかい。言ってほしいことがあるんだ。ほんの短い言葉を。どうだろう？　私のために、ちょっとした言葉を聞かせてくれないか」

わたしは目をあけた。「いいけど」

「いいかい？　ああ、よかった」受話器をあてる耳を替えたような、くぐもった音がした。「こう言ってほしいんだ――〝愛してる、パパ〟」

わたしは噴きだした。どうかしてる。パパ。自分の父のことだってそんなふうには呼ばないし、呼んだ覚えもない。けれど、笑っているうちにわたしの心は身体を抜けだし、可笑しさも感じなくなった。なにも感じない。わたしは空っぽ、抜け殻だ。

「さあ言って、〝愛してる、パパ〟と」

わたしは無言のまま部屋のドアを見つめた。

「一度でいいから」声が激しく、荒々しくなる。

自分の唇が動くのを感じるのと同時に、頭が雑音に満たされた。騒々しいノイズのせいでわたしの口が発する声も、ストレインが漏らす重たい息遣いやうめきもほとんど聞こえない。もう一度と催促され、またその言葉を口にしたが、頭ではなく身体が反応しただけだった。

わたしは遠くにいた。高々と宙を舞っていた。初めて彼に触れられた日、カエデ色の尾を引く彗星になってキャンパスを駆けめぐったときのように。いまは家から夜空へと飛び立ち、松の森を抜けて凍てついた湖を横切っていた。氷の下で湖水が蠢き、うなっている。もう一度、と促された。イヤーマフと白いスケート靴で湖面をすべる自分が見える。三十センチの厚さの氷の下で、影が追ってくる。ストレインだ。よどんだ湖底を泳ぎ、くぐもったうめき声でわたしを呼ぶ。

ストレインの乱れた息遣いが止まり、わたしは部屋に引きもどされた。終わった。彼は達した。どんなふうにするのだろうと想像してみた。手のなかに出すのか、タオルか、それともそのままシーツに？　最後にあんなどろっとしたものが出るなんて、男の人はさぞかし不快だろう。ほんと、キモい！――そんな言葉が頭を駆けめぐった。

咳払いが聞こえた。「それじゃ、もう切ったほうがいいね」

通話が切れると、わたしは受話器を投げつけた。カバーが外れて電池が床に転がった。ベッドに横たわり、青みがかった影に目を据えたまま、眠りもせずに長いあいだじっとしていた。空虚な心に張った氷の上ですべりつづけられそうだった。

電話の話し声に気づいたことを、母はブロウィック校へわたしを送っていくときまで言わなかった。それを聞かされたとき、わたしは車のドアをあけて側溝に飛びこみでもするようにハンドルに手をかけた。

「相手は男の子みたいだったけど。違う？」

わたしは前を見たままじっとしていた。話していたのはほとんどストレインだったが、母は受話器を上げて盗み聞きしたかもしれない。両親の寝室に電話はなく、一台きりの子機はわたしが使っていた。でも、母が一階へ下りる足音を聞きのがしたかもしれない。

「別にいいのよ、ボーイフレンドがいたってかまわない。隠したりしないでね」

「どんな話が聞こえた？」

「いえ、なにも」

わたしは目の端で母の顔を盗み見た。いまのは本当だろうか。なにも聞こえなかったなら、なぜ相手が男の子だと思ったのだろう？　タイヤの回転に合わせるように忙しく頭をめぐらせ、状況を把握しようとした。なにか聞いたのはたしかだとしても、ただごとでないと気づくほどではなかったはず。大人のものとしか思えないストレインの太い声を聞いたのなら、パニックになって部屋に飛びこんできて、わたしの手から受話器を引ったくったはずだ。車内でふたりきりになるのを待ってさりげなく切りだしたりはしない。

わたしはゆっくり息を吐き、ドアハンドルを握る力を緩めた。「父さんには言わないで」

「言わない」母の声ははずんでいた。信用して秘密を打ち明けられたのがうれしいのだ。でなければ、ボーイフレンドができるほど人付き合いもうまくいき、溶けこめているのだと安堵したのかもしれない。

「ただし、その子のことを教えて」

母に相手の名前を訊かれ、一瞬たじろいだ。彼をファーストネームで呼んだことはない。でたらめな名前を使うこともできるし、そうすべきなのに、本名を告げる誘惑が大きすぎた。「ジェイコブ」

「あら、いい名前ね。ハンサム？」

答えに迷い、わたしは肩をすくめた。

「まあ、見た目がすべてじゃないしね。大事なのは、あなたにやさしくしてくれるかどうか」

「うん、やさしい」

「よかった。とにかくそれが知りたくて」

わたしはヘッドレストにもたれて目を閉じた。ストレインがやさしいことがなにより大事で、見た目は二の次だと母に言われて、痒いところを掻いてもらったようなすっきりした気持ちになった。わたしを大切にすることが見た目より大事なら、年の差よりも、担任教師だということよりも大事ということだ。

母がさらにあれこれ訊きはじめたので――学年は、出身は、どのクラスでいっしょなの？——わたしは身がまえ、そっけなく言った。「この話はもうしたくない」

無言のまま一、二キロ行ったあと母が訊いた。「セックスはしてる？」

「母さん！」

「してるなら、ピルが要るから、予約を入れないと」母は言葉を切ってから、わたしにというより自分に言い聞かせるように小さく続けた。「いえ、まだ十五歳なんだから。そんなの早すぎる」そして眉根を寄せてわたしを見た。「学校の目が光ってるはずよね。やりたい放題ってわけにはいかないはず」

口に出して安心させるべきだろうかと、わたしは身じろぎも瞬きもせずに考えた。うん、目は光ってる。先生たちにしっかり見張られてる。急にそんなやりとりにうんざりしてしまった。ゲームでもするみたいに、母を欺くことに。

わたしは異常なんだろうか。きっとそうだ。でないと、こんなふうにするすると嘘をつけるはずがない。

「予約を入れる必要がある？」母が訊いた。

ストレインがわたしの腰をつかんで押し倒すところを思い浮かべ、彼の手術のことを、パイプカットのことを考えた。わたしが首を横に振ると、母はほっとため息をついた。

「とにかくあなたには幸せでいてほしいの。幸せで、あなたを大事にしてくれる人たちに囲まれていてほしい」

「大丈夫」通りすぎる木々を眺めながら、わたしは思いきって続けた。「彼、わたしが完璧だって」

母はこみあげる笑みをこらえるように、唇をきゅっと結んだ。「初恋は特別なものよね。忘れられない思い出になるはず」

休暇明けの初日、ストレインは不機嫌で、授業中にわたしを見ようともせず、手を挙げても無視した。テキストは『武器よさらば』で、ハナ・レヴェスクがその小説を退屈だと言うと、ヘミングウェイもきみのことを退屈だと思うだろうねと切り返した。トム・ハドソンがスウェットシャツの前をあけてフー・ファイターズのTシャツを覗かせているのを見つけたときには、服装違反だと叱りつけた。授業が終わったあと、わたしはほかのみんなといっしょに教室を出ようとした。そのときばかりは、残りたい気持ちはゼロだった。けれど、ドアまでたどりつくまえにストレインに名前を呼ばれた。立ちどまると、ほかの生徒たちは川の流れのようにわたしを追い越して出ていった。怒りで奥歯を食いしばるトムも、傷ついた顔のハナも。ジェニーはなにか言いたげな、口のなかに言葉を溜めこんでいるような顔でわたしを見ていた。

ふたりきりになると、ストレインは教室のドアを閉じ、照明を消して、わたしを教員室へ連れこんだ。全開にされたラジエーターが緑がかった窓ガラスを曇らせていた。彼はわたしと並んでソファにはすわらず、机にもたれて立った。わざとそうして、メッセージを送っているのだ。電気ケトルのスイッチを入れると、無言のままお湯が沸くのを待って自分の紅茶を淹れ、わたしには勧めなかった。

ようやく口を開くと、いかにも教師らしい歯切れのいい口調で、湯気をあげる紅茶のマグを手にこう言った。「電話であんなことを言わせて、怒っているだろうね」そう言われても、電話で話したことも、なにを言わされたかも、すっかり忘れていた。あらためて振り返ってみてもよく思いだせない。制御不能な力にはじかれているように、脳が記憶に近づけなかった。

「怒ってない」

「そんなはずはない」

わたしは顔をしかめた。こんなのずるい。怒っているのは彼で、わたしじゃない。

「こんな話、する必要ないでしょ」

「いや、あるんだ」

話すのはもっぱらストレインだった。休暇中に考えてみたところ、自分にとってわたしがまだ謎だらけだと気づいたのだという。本当のわたしを知らずにいるのだと。わたしに自分を投影していたのではないか、通じあうものがあると思いこんでいたものの、実際に見ていたのは、わたしに映った自分の影なのではないかと疑いはじめたのだそうだ。

「愛しあうのだって、きみは本当に楽しんでいるのか、それとも私のために演技しているだけではないか、そんなことまで考えはじめてね」

「楽しんでる」

ため息が返ってくる。「そう信じたいよ。心から」

狭い室内を行きつ戻りつしながらストレインは話を続けた。「きみへの思いが強すぎるんだ。そのせいで心臓が止まるんじゃないかと思うこともある。こんなに激しい気持ちを女性に抱いたのは初めてだ。これまでとは次元が違う」そこでひと呼吸置いてわたしを見る。「私のような男にこんなことを言われて、怖くはないかい」

私のような男。わたしは首を振った。

「どんな気持ちがする？」

わたしは天井を仰いでふさわしい言葉を探した。「力をもらった感じ、かな」

わたしに力を与えている、そのことに安堵したように彼は少し表情を緩め、十五歳というのは矛盾に満ちた不思議な存在だと言った。思春期まっただなかにいるせいで、その年頃特有の脳の働きによって従順さと尊大さを併せ持ち、人生最高に大胆になるのだと。

「十五歳のきみはいま、自分を大人だと感じているはずだ、十八歳や二十歳になるころよりもね」ストレインは笑って目の前にしゃがみこみ、わたしの両手をぎゅっと握った。「ああ、二十歳のきみはどんなだろうね」そう言ってわたしの髪の房を耳の後ろにかけた。

「大人だって感じてた？　あなたが……」〝わたしの年だったころ〟と最後までは続けなかった。子供が訊くようなことに思えたからだ。それでも意味は伝わった。

「いや、男はまた違うからね。十代ではまだ何者でもない。のは成人してからだ。女の子はずっと早くそうなる。十四歳、十五歳、十六歳。その年頃で内面が成熟する。それを目の当たりにするのがどんなにすばらしいか」

十四歳、十五歳、十六歳。特定の年齢を神格化するのはハンバート・ハンバートと同じだ。「九歳から十四歳じゃなくて？」ふざけて言っただけで、引用だと伝わるはずだと思ったのに、彼は極悪人だと非難されたかのようにわたしを見た。

「九歳？」ぐっと頭が反らされる。「とんでもない。なにを言うんだ、九歳だなんて」

「ただの冗談。ほら、『ロリータ』にあるでしょ。その年頃の少女がニンフェットだって」

「私をそんなふうに思っているのか。小児性愛者だと」

わたしが答えずにいると、ストレインは立ちあがってまた行ったり来たりをはじめた。

「あの本を文字どおりに捉えすぎだ。私はあの主人公とは違う。われわれのことも、あの本とは違う」

責めたてられて頬がかっと熱くなった。そんなのずるい、あの本を読ませたのはそっちでしょ。どうしろと？

「子供に欲望を覚えたりはしない。ほら、きみを見てみろ、自分の身体を。どう見ても子供じゃない」

わたしは眉をひそめた。「どういう意味？」

とたんに怒りが冷めたように彼が黙ったので、力のバランスがわずかに自分のほうへ傾いたのがわかった。「その、きみの身体は……きみは……」

「わたしがなに？」ソファにすわったまま、わたしは言葉に詰まる彼を見つめた。

「いや、発育がいいと言いたかったんだ。どちらかといえば、大人の女性に近いような」

「デブってこと」

「いや、違う、そうじゃない。そんなつもりじゃないんだ。とんでもない。ごらん、私のほうがデブだ」ストレインはわたしを笑わせようとお腹を叩いてみせ、わたしも半分は笑いたい気持ちだった。悪気がないのはわかっている。でも、すまなそうな顔を見るのも悪くなかった。彼は隣に腰を下ろし、両手でわたしの顔を包んだ。

「きみは完璧だ、完璧だ、完璧だ」

しばらくのあいだ沈黙が流れ、彼に見つめられながら、わたしはしかめっ面で天井を仰いでいた。有利な立場をすぐに手放すのは惜しい。ちらっと目をやると、彼の頬を汗の粒が伝うのが見えた。わたしも汗をかいていた。腋にも、胸の下にも。

彼がまっすぐにわたしを見た。「電話で言わせた言葉のことだが。あれは妄想だ。実際にあんなことはしない。そんな人間じゃない」

わたしは無言のまま、また天井を見上げた。

「信じてくれるかい」

「どうかな。たぶん」

ストレインが手を伸ばしてわたしを膝にのせ、抱き寄せて顔を自分の胸にうずめさせた。そうやってお互いを見ずにいるほうが話しやすいこともある。

「自分のなかに黒い翳(かげ)の部分があるのは知っている。それはどうしようもない。ずっとこうだったから。孤独な生き方だが、寂しさとも折り合いをつけてきたんだ。きみに出会うまでは」彼がわたしの髪を引っぱる。きみに、と。「きみが詩を見せに来たりして近づいてきたとき、なるほど、この子は私に熱をあげているんだなと思った。たいしたことじゃない、適当に相手をして、教室に入りびたるくらいは認めよう、だがそこまでだと。でも、いっしょにいるうちに思いはじめたんだ。ああ、この子は私と同じだと。周囲になじめず、翳のあるものに惹かれるところが。な、そうだろう？違うかい」

彼はわたしの答えを、わたしがイエスと言うのを、わたしがそういう子だと認めるのを待っている。でも、わたしはいま言われたように自分のことを見てはいないし、わたしのほうから近づいたという彼の記憶も間違っている。わたしが詩を見せに行くより先に、彼が本をくれたのだ。おやすみのキスをしてあげたい、きみの髪はカエデの葉の色だとも言った。そういったことが起きるまで、わたしはこんなふうになるとは思いもしなかった。以前にも彼は、すべてはわたし次第だとわざわざ口にしたことがあった。わたしには過去の戯れの相手などいないのに、あえて昔のことは気にしないとも言った。自分を恥じずにすむために、彼には思いこまなくてはいけないことがいくつもあるのだ。それを嘘だと決めつけるのは酷な気がした。

「初めて触れたとき、きみがどんな反応をしたか。クラスのほかの女の子たちなら、私がそんなことをすれば大騒ぎするだろうが、きみは違った」

　ストレインがわたしの髪を引っぱって顔が見えるようにのけぞらせた。乱暴ではないけれど、やさしくもない手つきで。

「ふたりでいると、自分のなかの黒い翳が表面に現れて、きみのなかの翳と触れあうように感じるんだ」感極まったように声が震え、見開いた目はあふれんばかりの愛をたたえていた。その目が探るようにわたしの顔を見る。求めているものはわかる――承認、理解、ひとりではないという安心。

　机の陰で膝を押しつけられ、脚を撫でられたときのことを思いだした。同意を求められなかったことも、彼が担任教師だということも、教室にはほかに九人の生徒がいたことも、わたしはまるで気にしなかった。すぐにまた同じことをしてほしいと思った。普通の子ならそんな反応はしなかったはず。わたしのなかには黒い翳がある。ずっとまえからそうだったのだ。

わたしも感じる、と答えた。彼のなかの翳、わたしのなかの翳を。彼は感謝と愛しさでいっぱいになったように、髪を引く手に力をこめた。眼鏡の奥に欲望が宿り、瞳孔が開くのが見えた。彼はただ求め、求め、求めた。わたしにのしかかっているとき――わたしが興奮しているか、悲しんでいるか、退屈しているかを気にもせずに、目を固く閉じてうなり声をあげているとき――彼が本当に求めているのは、自分の一部をわたしのなかに残すこと、わたしが自分のものだと主張することなのではと感じることがあった。妊娠させるとかそういったことではなく、もっと永続的な形で。なにがあろうと消えないしるしを刻むことを彼は望んでいた。筋肉や骨にいたるまで、わたしの全身に自分の指紋をくまなく残すことを。

そのときストレインがわたしに押し入り、ソファの片方の肘掛けに両足をつっぱるようにして耳もとでうめいた。おかしなことに、十五歳の自分を振り返るたび、このときのことを思いだす。

二〇一七年

　ホテルでビール祭りが開催され、中庭はビール樽やプラスチックのジョッキや、ブラートヴルスト・ソーセージを頬張る中年夫婦であふれかえっている。そのあいだわたしは、コンシェルジュデスクでやわらかいプレッツェルを千切って暇を潰す。どのお客もすっかり酔っぱらい、わたしになにか頼むどころではなさそうだ。

　従業員も大半が酔っている。わたしが出勤したとき、レストランの支配人は立っているのもやっとのありさまだった。いまはバックヤードでブラックコーヒーをがぶ飲みして、大忙しのディナータイムまでに酔いを覚まそうとしている。駐車係も気だるげな動作と焦点の定まらない目で車を動かし、フロントデスクの奥では、オーナーの十七歳の娘までがハイボールのグラスにちびちびと口をつけている。わたしもサゼラック二杯でほろ酔い加減だ。

暇にあかしてコンピューターをいじり、メール―ツイッター―フェイスブック―メール―ツイッター―フェイスブックの無限ループを繰り返す。例の記者からまたメールが来ている。慇懃だが強引な催促だ――〝こんにちは、ヴァネッサ、あなたの真実を明らかにするお手伝いをしたいと心から願っています、それをもう一度お伝えしておきたくて〟。わたしが持っているはずの復讐心に訴えようと必死なのがわかる。

千鳥足でロビーに入ってきた男性客が目の端に入ったので、身を乗りだしてコンピューターの操作に集中しているふりをし、しかめっ面をこしらえる。無愛想に見られたほうが、わずらわされずにすむ確率が高い。「よお、ネエちゃん」その声にぎくりとするが、客の目が向けられているのはフロントにいる十七歳のアイネズだ。わたしは画面に表示された記者のメールに目を戻す。〝あなたの真実を明らかにする〟。わたしの真実。自分にさえ、それがどんなものなのか見当もつかないのに。

フロントデスクの奥のアイネズがグラスを隠そうとするが、客は見逃さない。「そこにあるのはなんだ?」と、デスクの内側を覗きこむ。「勤務中に飲んでるのか、悪い子だ」

無意識のうちに、わたしの手はマウスのポインターを画面上で動かしている。自分ではない誰かがそれを右上の角に導き、〝転送〟をクリックする。

アイネズがかん高く引きつった笑い声をあげる。それを好意と受けとったのか、男は両肘をデスクについて身を乗りだし、アイネズの名札に目を凝らす。「アイネズか。かわいい名前だ」

「えっと、どうも」

「年は？」

「二十一です」

客は首を振って、立てた人差し指を左右に揺らす。「二十一だなんてありえない。こうやって見てるだけでも、逮捕されそうだってのに」

指がキーからキーへと動き、宛先フィールドにjacob.strane@browick.eduと入力する。そのあいだに様子を窺っていると、酔客はアイネズをかわいいと褒め、自分があと三十歳若ければと付けくわえる。アイネズはうっすらとした笑みを顔に貼りつけたまま、助けを求めるようにロビーに目を走らせる。自分に視線が向けられるのを感じながら、わたしはマウスを操作し、カーソルを〝送信〟に動かして、クリックする。

メールが転送され、ブラウザのトップに〝送信完了〟の確認画面が表示され、そして——なにもなし。そもそもなにを期待していたのか。警報が作動して、サイレンが鳴りひびくとか？　ロビーはどこも変わらず、酔客はまだにやつき、アイネズも助けを求めてこちらを見ている。その顔を見返しながら頭でつぶやく。どうしろっていうの？　本当に助けが必要？　こんなのなんでもない。あなたは安全でしょ。相手はデスクの反対側にいるんだし、手を出してくるわけでもない。そんなに怖いならバックヤードに引っこむか、あっちへ行けとはっきり伝えればいい。このくらいうまくあしらわなきゃ。

背後のエレベーターが開いて、雑役係が中庭のイベントで出すワインの木箱を積んだカートを押して現れる。すかさずアイネズがフロントデスクの奥から飛びだす。「手伝いましょうか、アブデル」雑役係が首を振るのもかまわず、アイネズはカートの前部をつかむ。その姿が廊下の奥に消えるのを、酔客は両腕をだらんと垂らして見送る。やがて振り返り、初めてわたしに目を留める。

「なに見てる？」そう言って、重たい足取りで中庭へ引き返していく。

ふうっと息を漏らしてから、またメール―ツイッター―フェイスブックの無限ループに戻ったとき、携帯電話がうなる。ストレインからの着信だ。デスクの上で震える携帯を見つめていると、やがて留守電に切り替わる。もう一度、さらにもう一度、立てつづけにかかってくる。不在着信の数が増すにつれて、わたしのなかでなにかが頭をもたげる——いい気味だという、勝利の感覚が。あの記者の思いこみもあながち間違いではないのかもしれない。わたしの心のどこかには、復讐心がひそんでいるのかもしれない。

仕事帰りにバーに寄ることにする。スーツ姿でスツールに腰かけ、水割りに口をつけながら、携帯の連絡先リストをスクロールして、月曜の夜十一時十五分に付きあってくれる相手を求めていくつかメッセージを送る。アイラは反応なし。数週間前に家に連れこんだ男も同じ。その彼は、組みしだかれたわたしが身を丸めて両手で顔を覆い、黙りこんでなんの反応も見せなくなると、さっさと帰っていった。餌に食いついたのは、数カ月前に一度寝た五十一歳のバツイチ男だけだ。わたしに対する話し方も、年の差をポルノかなにかのようにネタにするのも気に入らなかった。自分をパパと呼んで、お尻を叩いてほしいかと訊くのだ。ちょっと待って、普通にしてと訴えても耳を貸さず、わたしの口を手でふさいでこう言った——こうしてほしいんだろ、こういうのが好きなんだ、自分でもわかってるはずだ。

わたし：ひとりで飲んでる。

彼：若い娘がひとりで飲んでちゃだめだ。

わたし：そう？

彼：ほらほら、言うことを聞いて。きみのことならわかってるから。

メッセージのやりとりのあいだに、ストレインからまた電話がかかる。記者のメールを転送してから七回目だ。〝拒否〟ボタンを押して、バツイチ男に店の所番地を知らせ、十五分後にはその相手と店の裏通りで一本の煙草を分けあっている。どうしてたとわたしが訊くと、悪い子だったかと訊き返される。

煙草をひと吸いしながら、ふざけているのか、返事を求めているのかと相手の顔を窺う。

「なあ、悪い子だったんだろ、お見通しだぞ」

返事はせずに携帯に目を落とす。ストレインからのメッセージが入っている。〝あんなメールを送ってきて、どういうつもりだ〟。見ていると、さらにもう一通が表示される。〝いまはゲームに付きあう余裕などないんだ、ヴァネッサ。状況をわきまえて、大人らしく振る舞ってくれ〟。バツイチ男が身を寄せ、レンガの壁にわたしを押しつける。大型のゴミ容器で人目を避けてこちらに身体を密着させ、ベルトの下に手をもぐりこませようとする。最初のうち、わたしは笑いながら身をよじって逃れようとする。相手がやめようとしないので、両手の付け根で突き飛ばす。いったん離れたものの、バツイチ男は鼻息を荒くし、肩を怒らせてまた迫ってくる。わたしは手にした煙草を振って灰を相手の靴に落とす。

「待ってよ。ちょっと落ち着いて、ね？」携帯が鳴りだす。男がそばにいるせいか、思いどおりにストレインをやきもきさせてやったせいか、あるいは、酔っていて頭がまわらないせいか、わたしは画面をスワイプして応答する。「なんの用？」

「なんの用だって？　そんなにふざけたいのか」

わたしは半分しか吸っていない煙草を捨てて靴で揉み消す。すぐにバッグをあさってもう一本取りだし、バツイチ男が差しだしたライターを手振りで断る。

「いいさ」バツイチ男が言う。「邪魔はしないよ。そのほうがよさそうだから」

電話の向こうでストレインが訊く。「いまのは？　誰かといっしょなのか」

「なんでもないの。誰でもない」

バツイチ男は冷ややかな笑みを浮かべ、バーに戻ろうとするように背中を向けてから、引きとめられるのを期待してこちらを振りむく。

「なぜあのメールを転送してきた？　なにをたくらんでいるんだ」

「なにもたくらんでない。見せておこうと思っただけ」

電話の向こうのストレインも、開いたドアに手をかけたまま呼びもどされるのを待っているバツイチ男も、どちらも黙りこむ。男の服装は前回会ったときと同じだ。黒いジーンズに黒いTシャツ、黒いレザージャケット、黒いコンバットブーツ。最近付きあう男は判で捺したように同じスタイルのパンク中年ばかりのような気がする。強いものに惹かれると言いながら、少女のように振る舞う女しか相手にできない男たち。

「わからなくもないんだ」ストレインが言葉を選びに選んで話しだす。「ここ最近の集団ヒステリーに加わりたくなる気持ちも。きみにはたやすいことだと思う、ふたりの関係を……不適切だとか、虐待だとか、気分次第で好きにレッテル貼りすることなど。きみの気持ちひとつで、私をどうとでもできることは間違いない……」そこで言葉を途切れさせ、ひと呼吸おく。「だがね、ヴァネッサ、きみの人生にもこの件はついてまわることになるだろう、本当にそれでいいのか。もしいま行動を起こして、声をあげたりすれば、いつまでも――」

「だから、別になにもしないってば。メールに返信もしないし、なにも話さない。わかった？　そんな気はない。ただ、状況を知らせておきたかっただけ、つまり、わたしの側の。これはあなただけの話じゃないから」

潮がさっと引くように、電話の向こうの空気が冷ややかになる。苦々しげな笑いが聞こえる。「そういうことか。気遣いと同情が欲しいって？　こっちが袋叩きに遭っているときに、被害者ぶるつもりなんだな」

謝ろうとするが、さえぎられる。

「メールを二、三受けとったくらいで、自分も同じようにつらいと言う気か」怒鳴り声に近い。「どうかしてる」

こんな状況でも、そっちは安泰のはずだと彼が続ける。自分がどんなに大きな力を持っているか気づいていないのか。ふたりの関係が明るみに出ても、きみが責められることはない。なにひとつ。私だけが非難の的になる。

「責めを負うのは私ひとりだ。だからせめて、これ以上事態を悪くしないでほしい」

とうとうわたしは泣きだし、額を裏通りのレンガの壁に押しつける。ごめんなさい。どうかしてた。ごめんなさい、あなたの言うとおり、あなたの言うとおりよ。彼も泣きだして、怖いんだ、この先が不安でたまらないと訴える。授業は再開したものの生徒の半分は他クラスに移り、指導教員の任はすべて解かれ、誰もまともに目を合わせない。学校側は厄介払いする理由が見つかるのを待っているのだという。

「きみには味方でいてほしい、ヴァネッサ。きみが必要なんだ」

店内に戻ってバーカウンターの前にすわり、うなだれていると、バツイチ男に肩を叩かれたので家に誘う。散らかり放題の部屋を見られようと、なにをされようと、気にもしない。翌朝、マリファナをくすねられるのに気づいても寝たふりを続ける。男が出ていくときでさえ、じっとしたまま目もあけず、シフト開始時刻の十分前にようやくベッドを這いだす。

記事を目にしたのは、出勤してデスクについたときだ。ポートランドの地元紙の第一面に掲載されている――〝寄宿学校のベテラン教師、さらなる性的虐待の申し立てにより停職処分〟。被害を訴えている教え子はすでに五名にのぼるという。テイラー・バーチに加えてさらに四名。二名は最近の卒業生、二名は在校生で、全員が被害に遭った際には未成年だったと主張している。

残りの勤務は身体だけでこなす。筋肉にしみついた記憶に従ってレストランに電話を入れ、宿泊客に予約の確認をし、道順を紙に書き、すてきな夜をと送りだす。ロビーの向こうではベルボーイが鞄を山積みにしたラゲッジカートを押し、フロントデスクのアイネズは澄ました高い声で「お電話ありがとうございます、オールドポートホテルです」と電話に出る。ロビーの隅の目立たない席にすわったわたしは、身じろぎもせず、空っぽの頭で虚空を見据える。通りかかったオーナーが、プロっぽいねと声をかける。わたしの居住まいを気に入っているのだ。すべてをただ受け入れる虚ろなまなざしを。

記事には、ストレインが教え子に対しグルーミング（性的な目的で子供に近づき、手なずける行為）を行ったと書かれている。グルーミング。何度も頭のなかでそう繰り返しながら意味を考えてみるが、思い浮かぶのは、ストレインに髪を撫でられたときの心地いい温かな気持ちばかりだ。

二〇〇一年

「ヴァネッサ、もっと丁寧に過程を書くようにしなさい」わたしの解答用紙の皺を伸ばしながらアントノヴァ先生が言った。先週の個別指導で出された幾何学の宿題だ。

「でないと、どうやって答えにたどりついたかわからないでしょ」

答えが合っていれば問題ないんじゃ？　ぼそりと返すと、アントノヴァ先生は眼鏡ごしにまじまじとわたしを見据えた。なぜ問題なのか、わかっていて当然なのだ。何度も説明されたのだから。

「金曜日のテストの準備はどう？」

「これまでのテストと同じです」

「ヴァネッサ！　なんですその態度は。あなたらしくもない。まっすぐにすわって、ちゃんとしなさい」アントノヴァ先生が身を乗りだして、開いてさえいないわたしのノートを鉛筆でつついた。わたしはため息をつき、丸まった背を伸ばしてノートを開いた。

「ピタゴラスの定理を復習したほうがいい？」

「先生が必要だと思うなら」

アントノヴァ先生は眼鏡を外して、綿菓子そっくりの頭にのせた。「個別指導はやるべきことを教えるためにあるんじゃないの。必要な部分を言ってくれればそこを補います、いいですね。せめてもう少し……」言葉を探すように手が動かされる。「歩み寄ってくれないと」

個別指導が終わるとわたしは急いで荷物をまとめた。キャンパスの反対側にある人文学科棟に行って、職員会議がはじまるまえにストレインの顔を見たかった。なのに、アントノヴァ先生に呼びとめられた。

「ヴァネッサ、訊きたいことがあるの」

わたしは頰の内側を嚙みながら、先生が教科書とバインダーとトートバッグを手に持つのを待った。

「ほかの教科はうまくいってる？」先生がそう訊いて、椅子の背からパシュミナを取りあげた。それを肩に巻き、フリンジのもつれを指でほぐす。わざと時間をかけているみたいに見えた。

「いってます」

先生が教室のドアをあけてわたしを通してから訊いた。「英語の成績はどう？」

わたしは教科書を持つ手に力をこめた。「大丈夫です」

廊下を歩きながら、先生の視線に気づかないふりをした。「なぜ訊いたかというと、ストレイン先生の教室でよく過ごしていると耳にしたからなんだけど。そうなの？」

わたしはごくりと唾を飲み、自分の歩数を数えた。「ええまあ」

「文芸部だったものね、でも部活動は秋までだったでしょ？　英語は得意科目だから、補習が必要なわけでもないし」

わたしは精いっぱい平静を装って、肩をすくめた。「先生とは友達なので」

アントノヴァ先生が眉間に深く皺を寄せてわたしを見つめた。「友達？　ストレイン先生にそう言われたの？　あなたと彼が友達だと」

角を曲がると両開きの扉が見えた。「すみません、アントノヴァ先生。宿題が山ほどあるんです」わたしはそう言って小走りで廊下の先まで行き、片方の扉をあけて階段を駆けおりた。それから顔だけ振りむいて指導に感謝した。

アントノヴァ先生に訊かれたことをストレインには話さなかった。話したせいで、もっと用心しなければと言われないかと心配だった。高校合格者の見学会がある土曜日に、彼の家へ行く計画をすでに立ててあった。その日は目を輝かせた八年生と保護者たちが大勢やってきて校内を歩きまわる。人目をしのんでなにかするにはうってつけの夜だ、特別なイベントの際はごたつきがちだから、いい目くらましになるとストレインは言った。

午後十時、わたしは前回と同じ手順を踏んだ。トンプスン先生に就寝を告げに行き、警報器が壊れた裏階段からこっそり外に出た。キャンパスを急いで横切る途中、食堂から聞こえる物音に気づいた。暗いなかで、配送トラックの金属扉が閉じられる音と、男たちの話し声が響いていた。ライトの消えたストレインのステーションワゴンが、今度もまた人文科学棟裏の教員駐車場にとまっていた。車内でわたしを待つ彼は小さな箱に閉じこめられたみたいに無防備に見えた。ウィンドウを叩くと、彼はびくっと身を震わせて胸を押さえた。わたしは少しのあいだそこに立ってウィンドウごしにその姿を見ながら思った。心臓発作でも起こしそう。死んでたかもしれない。

ストレインの家に着くと、わたしはキッチンカウンターの前にすわり、椅子の脚に踵を打ちつけながら、スクランブルエッグとトーストができるのを待った。彼が作れるのは卵料理だけのようだった。

「わたしたちのこと、誰かに気づかれてると思う？」

驚いた顔でストレインが見た。「なぜそんなことを？」

わたしは肩をすくめた。「別に」

トースターがチンと鳴り、パンが跳ねあがった。トーストは焼きすぎで焦げかけていたけれど、文句は言わなかった。スプーンですくった卵がトーストにのせられ、目の前に皿が置かれた。

「いや、気づかれてはいないだろう」彼は冷蔵庫からビールを出して飲みながら、食べるわたしを眺めた。「気づかれたいのかい」

がぶりとトーストにかじりついて時間を稼いだ。ストレインの質問には、なにげない問いかけと、テストとがある。これはテストのようだ。口のなかのものを飲みこんでからわたしは答えた。「あなたにとってわたしが特別だって、みんなに知らせたい」

彼は笑みを浮かべ、わたしの皿に手を伸ばして卵をひとかけつまむと口に放りこんだ。「それは知れわたっているだろうね、間違いなく」

驚いたことに、ふたりで見るための映画が用意されていた。キューブリックが監督した古い方の《ロリータ》だ。その小説を文字どおりに捉えすぎだとわたしに言ったことを謝りたいのだと思った。映画を見ながら出されたビールを飲んだので、そのあと寝室に行ってイチゴ柄のパジャマをまた着たときには、すっかりふらふらだった。四つん這いになって後ろからさせてほしいと求められても、恥ずかしがりもせずにおとなしく従った。セックスがすむと彼は居間に行ってポラロイドカメラを取ってきた。

「まだ服は着ないで」

わたしは目を丸くし、両腕で胸を隠して首を振った。

彼はやさしく微笑みながら、人には見せないからと言った。「この瞬間を覚えておきたいんだ。いまのきみの姿を」

写真を撮られた。そのあと、わたしは上掛けにくるまり、彼が印画紙をマットレスの上に並べた。現像がすむのをいっしょに待っていると、黒い表面にベッドとわたしの身体が浮かびあがった。「ごらん、なんてすばらしいんだ」彼は写真から写真へと目を走らせた。魅せられたように、うっとりと。

わたしも目を凝らして彼に見えているものを見ようとしたけれど、そこに写った自分はひどく異様に思えた。乱れたベッドの上の、痛々しいほど青白い肌。焦点の合わない目、セックスのせいでくしゃくしゃになった髪。どう思うか訊かれて、こう答えた。「なんか、フィオナ・アップルのミュージックビデオみたい」

彼は写真から顔を上げなかった。「フィオナ・誰だって?」

「アップル。わたしが好きな歌手の。まえに曲を聴かせたでしょ」それだけでなく、二週間前にはレポート用紙に歌詞を書いてきれいに折り、授業のあとに彼の机に置いてきた。ちょうど、わたしの大学進学のことで喧嘩していたときだった。わたしは行きたくないのに、彼は道を踏み外すべきじゃないと言った。誰によっても、なによっても、彼によっても。わたしが泣くと、涙を武器にしていると言われた。歌詞を見せれば気持ちをわかってもらえるかもしれないと思ったのに、彼は一度もそのことに触れなかった。読みさえしなかったのかもしれない。

「ああ、そうだったね」写真が束ねられた。「これは安全な場所に隠しておこう」

ストレインが部屋を出て一階へ下りると、急にいらだちがやってきて、胸や顔や手足がかっと熱くなった。上掛けを頭まですっぽりかぶり、むっとする空気を吸っているうち、数週間前にわたしがブリトニー・スピアーズのことを口にしたとき、彼がその名前を知らなかったのを思いだした。「ポップ歌手かなにかかい。その手のものも好きだとはね」まるでわたしが愚かみたいな口ぶりだった。自分はブリトニー・スピアーズも知らないのに。

四月の休暇中にわたしは十六歳を迎えた。ベイブは動物病院で避妊手術を受け、お腹を剃って縫いあわされて、麻酔でぼんやりしたまま帰ってきた。わたしはストレインが選んだ大学のリストを両親に見せ、三人でメイン州南部にある大学を二、三訪ねた。キャンパスを歩きながら父は圧倒されたように校舎を眺め、母のほうはネットで調べた情報をせっせと読みあげた――ボウディン大学の学生の四割は海外留学に出て、四人にひとりは大学院に進学するそうよ。「それで、ここはいくらするんだ」と父が訊いた。「値段表も印刷してきたのか」

一週間の休暇が半分過ぎたころ、両親が仕事に出ているあいだにストレインが会いに来た。ステーションワゴンはボート桟橋に通じる草ぼうぼうの道にとめ、そこから森を抜けてわが家まで歩いてきた。わたしは居間にいて、キッチンの勝手口のほうをちらちら見ながら窓の外に彼が現れるのを待っていた。姿が見えたとき、怯えたような小さな悲鳴が口から漏れた。怯えるはずなんてないのに。なぜそんな必要が？カーキジャケットにクリップオン式のサングラスをかけたストレインは、誰かの父親みたいに、どこにでもいるダサくて退屈そのものの中年男みたいに見えた。

ストレインが両手を窓ガラスにあてて室内を覗きこんだので、わたしはベイブの首輪をつかんでドアを開いた。彼が入ってくるのと同時にベイブがわたしの手を振り切った。ピンクの舌を口の端から垂らしたベイブに飛びつかれ、彼は顔をしかめた。だめだと言えばやめるからと言うのも聞かず乱暴に押しのけたので、はずみでベイブは仰向けに転がり、白目が覗くほど目を見開いてすごすごと犬小屋に引っこんだ。そのときばかりは、彼が大嫌いになった。

ストレインがどこにも触れまいとするように両手を後ろで組んで家のなかを見まわしたとたん、その目にそこがどう映るか気づいた。彼の家のように清潔ではなく、カーペットには犬の毛がびっしり、ソファは古ぼけ、クッションはぺしゃんこだ。奥へ入る途中、彼は窓台に並んだ小さな木の家の置物の前で足を止めた。母のコレクションで、わたしが毎年クリスマスに贈っているものだ。じろじろと見ているので、なにを考えているのだろうと思った。ずいぶんみすぼらしくてくだらないものを集めているんだなとか？　彼の本棚に並んだ置物がどれも外国製で、それぞれに逸話が残っていることを思いだした。懇談会のあとに両親について言ったことも思いだした。実直な方たちだね。善良そうな。わたしと同じ特待生で、英語の特進クラスにいる十二年生がウェルズリー大学に合格したものの、学費が高すぎて進学できないらしいという話をしたときのことも頭に浮かんだ。気の毒だがどうしようもない、あの子は恵まれた家の出じゃないからねとそのとき彼は言った。

「ここは退屈だから」わたしは彼の手を取った。「上へどうぞ」

ストレインはドアのところで頭をかがめてわたしの部屋へ入った。大きな身体で室内をいっぱいに満たし、頭を勾配天井につっかえさせながら、ポスターだらけの壁やシーツがくしゃくしゃくしゃのベッドに目をやった。

そして、「ああ」とため息をついた。「なんてすばらしい」

寄宿学校生活のせいで時が止まったままの部屋は、いまのわたしというより十三歳のわたしを象徴する場所になっていた。子供っぽすぎるかもと心配したけれど、ストレインはとまどう様子もなく、とっくに卒業した中学生向けの小説がぎっしりの本棚や、中身が固まったマニキュア瓶だらけのドレッサーや、埃をかぶったビーニーベイビーズのぬいぐるみをしげしげと眺めた。宝石箱の蓋をあけるとバレリーナがぴょんと立ちあがってくるくる踊りはじめ、それを見て彼はにっこりした。巾着袋も手に取って開き、茶色い紙と紐でこしらえた小さな悩み事引きうけ人形(ウォーリードール)をいくつかてのひらに出した。すべてを繊細そのものの手つきで扱った。

セックスのまえにストレインはわたしにベッドで目をつぶらせ、もぐりこんできた彼に触れられて目を覚ますふりをさせた。なかに押し入るときには、ほかにも誰かいるかのように、わたしの口をふさいで「声を出さないで」と言った。熱にうかされたように激しく突かれて脳が頭蓋骨のなかでぐらつき、手足の感覚もなくなり、意識は身体を抜けだして一階へ下り、なにがいけなかったのかとしょげかえって犬小屋でべそをかくベイブのもとへ飛んでいった。終わったあと、ストレインはポラロイドでまたわたしの写真を撮った。ベッドに寝そべってポーズをとらせ、髪を胸の上にかぶせてから、日の光がわたしの身体に注ぐようにブラインドをあけた。

そのあとステーションワゴンでドライブに出かけ、東部の森を縫うようにのびる幹線道路を走った。彼は運転席側のウィンドウをあけて片腕を垂らした。四月にしては暖かく、気温は二十度を超えていて、木々の芽は膨らみ、道端には雑草が伸びはじめていた。

「夏休みにも、またこんなふうに会いに来るよ。きみを拾ってドライブに行こう」

「ロリータとハンバートみたい」うっかりそう言ってから、はっとした。その喩(たと)えはいやがられるかもしれない。でも、笑いかけられた。

「たしかにそうだ」彼はこちらを見て、わたしの太腿に手を這わせた。「いいアイデアかもしれないな。いつの日か、家へは送らずにそのまま走りつづけるかもしれない。きみを攫(さら)って」

わたしも気にするのをやめた。でも、ストレインが平然としているので、海岸に近づくにつれて道が混みはじめた。わたしたちは逃亡中のお尋ね者、大胆不敵な犯罪者カップルだ。たどりついた州の最東端の漁村では、ソーダを買いに市場に寄っても、こっそり手をつないで桟橋を歩いても、誰も眉ひとつ動かさなかった。

「十六歳か」彼がしみじみと言った。「すっかり大人の女だな」

ポラロイドカメラのセルフタイマーをセットして、車のフードに倒れないように置いた。撮れた写真は露出オーバー気味だった。海を背景に、ストレインがわたしの肩に腕をまわしている。ふたりで写った写真はそれ一枚きりだった。もらってもいいかと訊きたかったけれど、だめだと言われそうなので、給油で車をとめた隙にグローブボックスからこっそり出してバッグにしまった。ベッドのわたしが写った一枚は残しておいた。どのみち、それさえあればいいはずだから。

帰り道、もうしばらくキスをしたいとストレインが言った。幹線道路を外れて未舗装の伐採道路に入ったステーションワゴンは、フロントガラスに泥を飛び散らせ、石ころだらけの道を揺れながら進んだ。鬱蒼とした森を数キロ行くと木々がまばらになり、やがて木立が途切れたところにブルーベリーの茂るなだらかな荒地が現れた。緑の絨毯のなかに白い岩が点在している。彼は車をとめてエンジンを切り、シートベルトを外すと、手を伸ばして助手席側のベルトも外した。

「こっちへおいで」

コンソールボックスをまたいで彼の膝にまたがると、背中がハンドルにあたってクラクションが鳴り、荒地の向こうでカラスの群れが散り散りに飛び立った。お尻をつかまれてワンピースの裾を腰までたくしあげられたとき、ブーンという低い音が風に運ばれてきた。五十メートルほど離れたところに養蜂箱が置かれ、ハチが群がっている。そばにはなにもなく、誰もいない。好きなようにできる。すべてから隔たっていることが安全にも危険にも思えた。そのふたつはもはや不可分だった。

彼はわたしの下着を横にずらした。指が二本入れられる。部屋でのセックスのせいでそこはまだ濡れていて、内股も火照(ほて)りはじめた。彼がいかせようとするあいだ、わたしは額を彼の首もとに押しつけ、鎖骨に熱い息を吹きかけていた。わたしがいったかどうかはわかると聞かされていた。いったふりをする女性もいるが、わたしの反応は演技のはずがないのだという。いくのが早いとも言われた。あまりに早くて信じられないほどだと。だから何回連続で達することができるか試してみたくなるのだと言われたけれど、わたしはいやだった。それではセックスがゲームみたい、彼だけが遊べるゲームみたいだ。

のぼりつめたとたん、わたしは彼を止めた。ひとことかけただけで、熱いものにでも触れたように手が引っこめられた。わたしは身を離し、もう一度コンソールをまたいで助手席に戻った。脚はぬるぬるで、息もあがったままだ。彼はわたしに触れていたほうの手を持ちあげ、顔の前にかざしてにおいを嗅いだ。これまで何度いかされただろう。おめでとう、また成功ですと言いたくなった。頭を後ろにもたれさせ、飛びまわるハチたちと、遠くで風に揺れる針葉樹の梢を眺めた。

「夏休みのあいだずっと会えないなんて、我慢できそうにない」そう言ったものの、本心かどうかは自分でもわからなかった。これまでの休暇中は会わなくても平気だった。一週間も話したり会ったりせずにいるのは耐えられないと言うのは彼のほうだ。セックスのあとの脱力と感傷のせいでなんとなく口にしただけだったのに、ストレインはそれを真に受けた。わたしが入れこみすぎだとか、自分がわたしの将来を左右しそうだと感じると、とたんに慎重になるのだった。

「いつでも会えるさ。七月には私に飽きているだろうね」

幹線道路に戻ったとき、彼はまた言った。「そのうち私に飽きるときが来る」さらに続けた。「そしてこの胸を張り裂けさせるんだ、だろう？　その小さな手が私の心臓を握っているんだから」

胸を張り裂けさせる？　自分がそんな力を持っているところを想像してみた。彼の心臓を手にして、いたぶろうとするところを。けれども、手のなかでどくどくと脈打っていてもなお、わたしはその心臓に支配されていた。操られ、思うままに動かされ、それでも手放すことができないのだった。

「わたしの胸のほうが張り裂けるかも」

「ありえない」

「どうして？」

「こういう関係はそんなふうには終わらないから」

「そもそもなんで終わらないといけないの？」

ストレインが驚いたように両眉を吊りあげ、ちらりとわたしを横目で見て、また前方に目を戻した。「ヴァネッサ、別れが来てもきみが傷つくことはない。私と離れられてせいせいするはずだ。きみの人生はこれからだ。わくわくするような未来が待っている」

わたしは黙りこんだままフロントガラスの向こうを見やった。口を開いたり身じろぎしたりすれば、泣いてしまいそうだった。

「きみは多くのことを経験するだろう。きっと途轍もないことをする。作家になったり、世界を放浪したりね」

二十歳になるころには十人もの恋人ができているだろう、とストレインの予言は続いた。二十五歳ではまだ子供もなく、見た目も少女のようだが、三十歳を迎えると大人の女性になり、頬の丸みも消えて、目もとに小皺ができている。それに結婚もしているはずだ。

「わたしは結婚なんてしない。あなたと同じように。言ったでしょ?」

「本気でそうしたいわけじゃないだろ」

「ううん、本気」

「だめだ」教師っぽい、きっぱりとした口調だった。「私はお手本になるような人間じゃない」

「こんな話、もうしたくない」

「落ち着いて」

「そんなことない。ごらん、泣いてるじゃないか」

わたしは彼に半分背を向け、ウィンドウに額を押しつけた。

「どうしようもないんだ。このままずっと、こんなふうにうまくいくとはかぎらない」

「お願い、もう黙って」

一キロ半ほどそのまま走った。セミトレーラーの轟音、緩やかにうねるエスカー（砂礫（されき）が堆積してできた堤防状の地形）とその下に広がる沼地、遠くに見える黒茶色の塊はヘラジカかもしれないし、なんでもないかもしれない。

「ヴァネッサ、きみが過去を振り返ったとき、自分を愛した大勢の男のひとりとして私を思いだすはずだ。きみの人生には、私よりはるかに大きなものが待っているんだ、保証するよ」

わたしは震える息を吐いた。彼が正しいのかもしれない。そんなふうに言うことによって、彼は安全を与えてくれているのかもしれない。無傷のまま、なんの束縛もなく立ち去るチャンスを。この経験を賢く利用して、語るべき物語を持った娘として世に出るというのは、不可能なことでもないのでは？　いつか「初恋の相手は？」と尋ねられたとき、この事実はわたしを特別にするはずだ。月並みな男の子ではなく、大人の男、それも教師との恋。彼があまりに夢中で、別れるしかなかったんですとわたしは語る。悲しかったけれど、どうしようもなくて。それが定めだったんです。

運転席のストレインがわたしに手を伸ばし、指先で膝頭をなぞった。道路からちらっと目を離してわたしの顔を窺った。喜んでいるかどうかをたしかめるために。これは気持ちがいいかい。こうするとうれしいかい。太腿を手が這いのぼり、わたしは瞼を震わせた。わたしを喜ばせることが彼の生き甲斐だ。いつか別れが来るとしても、いまはわたしに夢中なのだ。彼の黒きヴァネッサに。それで十分だ。こんなふうに大事にされ、愛されるわたしは運がいい。

＊

四月の休暇が終わると、その先には下り坂が待っていた。ぽかぽか陽気に誘われて、屋外授業やブルー山への週末の遠足が続いた。ラッパズイセンが花開き、水かさを増したノルンベガ川が町の通りを水浸しにした。完成した文芸部の部誌が印刷所から到着したので部活動も再開された。ジェスとふたりで箱の中身をたしかめてどこへ保管しようかと相談していたとき、ストレインに教員室に呼ばれて激しくキスをされ、舌を奥まで差しこまれた。あまりに無茶な振る舞いに困惑せずにはいられなかった。ジェスがすぐそこにいて、教員室のドアはきちんと閉じられてもいないのに。唇をひりつかせ、頬を火照らせてわたしが教室に戻ると、ジェスは素知らぬ顔をしていたけれど、次の会合には来なかった。

「ジェスは？」

「やめたんだ」ストレインは満足げな笑みを浮かべて言った。

アメリカ文学のクラスでは新しい単元に入り、有名な絵画を見て、その年の授業で読んだ小説と組みあわせるというテーマに取り組んだ。ルノワールの〈舟遊びをする人々の昼食〉は、みんなだらだらとお酒を飲んでいるから『グレート・ギャツビー』。ピカソの〈ゲルニカ〉は、戦争の混乱と恐怖を描いているから『武器よさらば』。ストレインがアンドリュー・ワイエスの〈クリスティーナの世界〉を見せると、寂寞とした雰囲気も、丘の上に建つ家も、『イーサン・フローム』にそっくりだとクラスの意見が一致した。授業のあと、わたしはワイエスの絵には『ロリータ』を感じるとストレインに伝え、その理由を説明しようとした。絵のなかの女性のか細い足首と疲れた様子、そして彼女と家とのあいだに横たわる埋めようのない距離とが、物語の結末の、青白い肌をして子供を身ごもり、やがては命を落とすロリータの描写を思いださせるからと。ストレインは首を振って、百万回は言ったぞという顔で、わたしがあの小説にこだわりすぎだと答えた。「新しい愛読書を見つける必要があるね」

ストレインの引率で、アンドリュー・ワイエスが暮らした町も訪れた。大きなヴァンに乗りこんで海岸ぞいを南へ下るあいだ、助手席にすわったわたしは残りの生徒たちの存在を忘れそうだった。なにも知らない捕虜のようにクラス全員を後ろに乗せてはいても、彼との遠出に胸がはずんだ。いい機会だから、ふたりで逃げたらどうだろう？　生徒たちはサービスエリアに置き去りにして、風で髪をくしゃくしゃにしたジェニーの凝視をよそに、走りだしてしまえばいい。

ただし遠出にはふさわしくないタイミングだった。夏休みのまえにもう一度わたしがストレインの家に泊まるかどうかで喧嘩中だったからだ。彼は欲張りすぎずに自重すべきだという意見で、夏休みに何度も会いに行くからと約束したけれど、具体的な日程を訊くと、いつまでも彼中心の生活ではいけないと言った。それで、車内ではわざと無視をして、いやがられそうなことばかりをした。カーラジオをいじったり、ダッシュボードに足をのせたり。彼は気づかないふりをしながらも、奥歯を嚙みしめ、ハンドルをきつく握っていた。そんなふうに子供じみた振る舞いをするときのわたしは手に負えないといつも言っていた。

クッシングの町ではまず、オルソン・ハウスを見学した。〈クリスティーナの世界〉で丘の上に描かれた家だ。室内は埃をかぶった古めかしい家具と、額縁に入ったワイエスの作品だらけだった。ただし原画ではなく複製だとツアーガイドが解説した。潮風がきつく、キャンバスをだめにしてしまうので、原画は展示できないのだという。

気温は十八度と暖かく、天気もいいので、昼食は戸外でとることになった。ストレインが丘の麓に毛布を広げた。そこからは〈クリスティーナの世界〉と同じ角度で家の遠景を見上げることができる。食事がすむと、彼は生徒たちに感想を書かせ、両手を後ろに組んで周囲を歩きまわった。ふてくされたわたしは参加を拒み、ノートとペンを置いたまま地面に寝転がって空を見上げていた。

「ヴァネッサ。起きて、ちゃんと書きなさい」

反抗的な生徒には誰にでもかけそうな言葉だが、わたしに対してはどこか遠慮がちな、懇願するような調子が混じっていた。周囲も気づいたにちがいない。ヴァネッサ、そんな仕打ちをしないでくれ。わたしは無視した。

学校へ戻るためにほかの生徒たちがヴァンに乗りこんだあと、ストレインに腕をつかまれて車の後ろへ連れていかれた。「いいかげんにしてくれ」

「放して」振りほどこうとしたが、つかんだ手の力が強すぎた。

「こんな真似をしたって、思いどおりにはならないぞ」腕を乱暴に揺さぶられて転びそうになった。

ヴァンのリアウィンドウを見上げると、自分が真っぷたつに分かれたような気がした。片方はここに彼といて、もう一方はほかのみんなと車内にすわり、シートベルトを締めてバックパックを足もとに押しこんでいる、そんなふうに思えた。誰かがリアウィンドウから外を見たら、彼の指がわたしのやわらかい二の腕に食いこんでいるのが見えるだろう。それだけで疑いを抱くには十分なはず。十分どころじゃない。そのとき、閃(ひらめ)きが頬を張り、肌をひりつかせた。彼は誰かに見られたがっているのかもしれない。なにかを隠しとおせばとおすほど、人は大胆になり、やがては捕まることを望むようにさえなる。わたしにもそれがわかりはじめていた。


その夜、ジェニーがわたしの部屋のドアをノックして、話ができるかと訊いた。ベッドに寝たまま黙っていると、ジェニーはなかへ入ってドアを閉じた。そして散らかり放題の室内を見まわした。床には服が散乱し、机の上には紙が散らばり、飲みかけで黴(かび)の生えた紅茶のマグがいくつも置きっぱなしになっている。

「そう、相変わらず不潔ってわけ」

ジェニーが首を振った。「そんなこと言ってない」

「考えてたでしょ」

「別に」ジェニーがデスクチェアを引っぱりだしたが、そこには一週間前に洗ったたまま出しっぱなしの服が積んであった。いいからどけちゃってと伝えると、ジェニーは椅子を傾けて服を床に落とした。

「真面目な話なの。怒らないで聞いて」

「怒るって、なんで？」

「いつも怒ってるじゃない。不思議でしょうがないんだけど、そこまで恨まれることをした？」ジェニーが両手に目を落として続けた。「友達だったのに」

ぐっと顔を上げて言い返そうとしたが、ジェニーはひと息置いてから用件を切りだした。「今日の遠足で、ストレイン先生に触られてたでしょ」

なんの話か、すぐにはぴんと来なかった。ストレイン先生に触られてたでしょ。ひどくいやらしく聞こえた。遠足のあいだは険悪ムードだったから、ストレインに触られたりしていない。と、そこでヴァンの後ろで腕をつかまれたことを思いだした。

「ああ、あれは……」

ジェニーがわたしの顔をまじまじと見る。

「あれはなんでもない」

「なんであんなことされたの」

わたしは首を振った。「覚えてない」

「まえにもされた？」

質問の真意がつかめず、返事に迷った。ストレインとわたしが付きあっているという噂を信じることにしたのだろうか。ジェニーの顔には、救いようのない相手を見るような表情が浮かんでいる。自分の知っている音楽や映画やそのほかの常識をわたしが知らないのに気づいたときに、よくそんな顔をしたものだ。「やっぱり」

「やっぱりって、なにが？」

「自分を責めたりしないで。あなたの責任じゃないんだから」

「いい、なんの責任？」

「あの人に性的虐待を受けてるでしょ」

わたしは頭をのけぞらせた。「性的虐待？」

「ヴァネッサ――」

「誰がそんなことを？」

「誰も。その、あなたがレポートにAをもらうためにあの人とセックスしてるって噂は聞いたけど、信じなかった。このあいだ確認するまえから信じてなかった。あなたはそんな子じゃない……そんなことはしないはず。でも今日、あの人があなたにしたことを、腕をつかんだところを見て、どういうことかわかった」

ジェニーが話しているあいだじゅう、わたしは首を振っていた。「違う」

「ヴァネッサ、聞いて。あの人は最悪なの。キモいやつだって姉さんからは聞いてた。スカートを穿いた女子にセクハラするとかなんとか。でも、ここまで最低だとは思ってなかった」ジェニーが険しい目で身を乗りだした。「クビにしてやればいい。父さんが今年の理事会のメンバーなの。このことを伝えたらストレインはおしまい」

その言葉にショックを受け、瞬きでごまかした。クビ、キモい、女子にセクハラ。ジェニーがストレインと呼び捨てにしたのにもぎょっとした。「なんでわたしがクビにしたがると？」

「したくないの？」ジェニーは怪訝そうな顔をした。口を引き結び、眉根を寄せていたが、少しして表情を緩めた。「怖いんでしょ、わかる。でも心配しないで。もうひどいことをされたりしないから」

同情たっぷりにわたしを見るジェニーの顔を眺めながら、なぜあんなにこの子に夢中だったんだろうと考えた。狭苦しい相部屋で一メートルと離れずに並んで寝ているときでさえ、少しでもそばにいたいと願ったものだった。ドアの裏に掛けられたジェニーのネイビーブルーのバスローブ。ジェニーの机の上の棚に並んだ、セロファンに包まれたレーズンの小箱。毎晩ジェニーが脚にすりこんでいたライラックの香りのローション。洗いたての髪から水が滴ったTシャツ。そういったものすべてが目に浮かんだ。たまにジェニーは電子レンジでピザをチンして、罪悪感を漂わせながら一気食いしていた。ジェニーのことならなんでも、どんなに些細なことでも覚えていた。いったいなぜ？　どこがよかったの？　いまはジェニーがひどく平凡に見える。視野が狭すぎて、わたしとストレインのことなど到底理解できないだろう。

「なんでそんなにこだわるの。ジェニーには関係ないのに」

「関係あるに決まってる。あの人はこの学校にいるべきじゃない。生徒のそばにいちゃだめなの。性的捕食者(プレデター)なんだから」

プレデター。その言葉に噴きだした。「ちょっと待ってよ」

「あのね、わたしはこの学校がほんとに大事なの、わかる？　もっとよくしたいと思ってるんだから、笑わないで」

「じゃあ、わたしにはここが大事じゃないってこと？」

ジェニーがたじろぐ。「ううん、ただ……ほら、あなたは事情が違うし。家族のなかにここの卒業生はほかにいないでしょ？　あなたの場合、入学して卒業したらそれでおしまい。その後のことなんて考えない。貢献もしないし」

「貢献？　寄付ってこと？」

「違う」ジェニーがあわてて言った。「そんな意味じゃない」

わたしは首を振った。「スノッブそのものね」

ジェニーが言い訳をはじめたので、わたしはさっさとヘッドフォンを着けた。それでもジにも挿さっていないのでコードはベッドの端からだらんと垂れていたが、それでもジエニーは話すのをやめた。見ていると、腰を上げたジェニーは立ち去るまえに洗濯物を拾いあげて椅子に戻した。親切な振る舞いなのに無性に腹が立ち、わたしはヘッドフォンを引きちぎるように外して訊いた。「ところで、ハナとはどう？」

ジェニーが足を止めた。「どういう意味？」

「すっかり親友同士って感じ？」

ジェニーがひるんだ。「意地悪なこと言わないで」

「いつもハナに意地悪言ってたのはそっちじゃない。面と向かってからかったり」

「そう、あれは間違ってた。ハナは問題ない。でもあなたは、ちゃんとした助けが必要だと思う」

ジェニーがドアの前まで行くとわたしはさらに言葉をかけた。「先生とはなにもない。なにを聞いたか知らないけど、なにもかもくだらない陰口だから」

「人から聞いたんじゃない。この目であなたが触られるところを見たんだから」

「見てないくせに」

ジェニーはわたしをにらみつけ、ドアノブに手をかけた。「たしかに見た」

ストレインはジェニーの言葉を一言一句わたしに繰り返させ、キモいと言われたと知ると、なんたる侮辱だと言いたげに目を剝いた。ジェニーのことを〝気取りかえったクソガキ〟呼ばわりするのを聞いて、身体がすっと冷たくなった。そんな言葉を使うのを聞いたのは初めてだった。

「心配ない」と彼は安心させるように言った。「こちらがすべて否定しさえすれば、なにも問題はない。証拠がなければ、噂は噂のままだ」

たんなる噂じゃない、腕をつかむところをジェニーが見たんだからと指摘しても、鼻で笑っただけだった。

「なんの証拠にもならないさ」

翌日のアメリカ文学の授業中、『ガラスの動物園』について問題を出したストレインは、手を挙げてもいないジェニーを指名した。ジェニーは焦って教科書に目を落とした。ぼんやりしていて問いを聞きのがしたらしい。ジェニーが「ええっと」と繰り返しても、ストレインはほかの生徒をあてようとはせず、一日じゅうでも待つ気のように椅子にどっかりすわって両手を組んだ。

トムが発言しようとしたが、ストレインは手で制止した。「ジェニーの意見を聞きたいんだ」

さらに十秒、いたたまれない時間が流れた。ようやくジェニーが消え入るような声で「わかりません」と言うと、ストレインは両眉を吊りあげてうなずいた。だろうな、と。

授業のあと、ひそひそと囁きあいながら出ていくジェニーとハナを見ていると、ハナが振りむいてこちらをにらみつけた。わたしは黒板を消しているストレインのそばへ行って声をかけた。「あんなことしなくていいのに」

「楽しんでもらえると思ったがね」

「ジェニーに恥をかかせたって、もっとまずいことになるだけでしょ」

非難を感じとり、彼は眉をひそめてわたしを見た。「いいかい、私はああいう生徒を十三年も教えてきたんだ。扱いには慣れている」そう言って黒板消しを受皿に戻し、両手を拭った。「だから、教え方に口を出さないでもらえるとありがたいね」

謝りはしたものの、納得がいかないことに気づかれたにちがいない。宿題があるから行かなくちゃと言うと、ストレインは引きとめようとしなかった。

部屋に戻るとわたしはベッドに突っ伏し、枕のにおいを嗅ぎながら、彼への憎しみを静めようとした。そのときはたしかにそんな気持ちだった。彼が憎らしかった。怒りを向けられるのは心底耐えがたかった。そういうとき、あるはずのないものを自分のなかに感じてしまうから——羞恥や恐れを、逃げろと促す声を。

その後の一週間ですべてが壊れた。はじまりは水曜日、フランス語の授業中にストレインが教室のドアをあけて、わたしを連れだす許可をローラン先生に求めた。「バックパックも持って」と小声で指示された。キャンパスを横切って管理部棟へ向かいながら説明を受けたが、とっくに予想はついていた。ジェニーは二日連続でアメリカ文学の授業を欠席していて、姿はよそで見かけたから、病気でないのは知っていた。前日の夕食のとき、ジェニーがハナと額を寄せて話しこんでいるのが見えた。ひと息入れて顔を上げたふたりは、まっすぐにわたしを見た。

ジェニーの父親が学校宛てに意見書を提出したという。内容は伝聞ばかりで証拠はなにひとつないとストレインは言った。これでどうなるわけでもない。このあいだ話したとおりすべてを否定すればいい。ふたり揃って否定すれば向こうはなにもできない。耳の奥で潮騒が響きだした。彼が話せば話すほど声が遠ざかった。

「ジャイルズ校長には事実無根だと伝えてあるが、より重要なのは、きみが否定することだ」歩きながら、彼がわたしの顔を見た。「できるかい」

わたしはうなずいた。管理部棟の入り口まであと五十歩、もっと少ないかもしれない。

「ちゃんと落ち着いているね」わずかでもためらいがないかとストレインがわたしの目を覗きこんだ。初めてのセックスのあと、ステーションワゴンのなかでしたのと同じように。そして入り口の扉をあけた。「いっしょに切り抜けよう」

ジャイルズ校長は、意見書の内容よりもあなたたちを信用したいんですよと言った。ばかでかい机の奥から校長にそんな言葉をかけられると、木の椅子に並んですわったわたしたちはお説教される子供ふたりのようだった。

「正直に言って、とても事実とは思えなくて」ジャイルズ校長は言って、意見書らしき紙を手に取った。文字に視線を走らせる。「〝性的関係にある〟——こんなことが起きていて、誰も気づかずにいたなんて」

意味がわからなかった。気づかれたのは明らかなのに。だからこそジェニーの父親が意見書を書くことになったのだ。周囲に気づかれたから。

隣にいるストレインが口を開いた。「まったく、ばかげています」

ジャイルズ校長は、どうしてこんなことになったのかは見当がつくと言った。こういった噂が流れることは往々にしてあり、どんなに荒唐無稽な話であっても、生徒も保護者も教師たちもたちまち信じてしまうものなのだと。

「誰でもゴシップは好きですからね」校長はストレインと目配せを交わした。

噂というのはたいてい、ちょっとしたえこひいきに対する嫉妬や誤解から生じるものなのだと校長は続けた。長年教壇に立つあいだ、教師は非常に大勢の生徒を受け持つので、大半は——言い方は悪いが——印象にも残らない。優秀で成績のよい生徒だからといって特別に目をかけるともかぎらない。ただし、ごくたまに、格別な親しみを覚える生徒と出会うことがある。

「なにしろ教師だって人間ですからね、あなたと同じで。だって、どの先生も分けへだてなく好きなわけじゃないでしょう、ヴァネッサ」わたしはうなずいた。「当然よね。好きな先生もいれば、苦手な先生もいる。教師にとっての生徒も同じ。特別に思わずにいられない生徒がいるものなの」

ジャイルズ校長は背もたれに身をあずけ、腕組みをした。「おそらくジェニー・マーフィーは、あなたがストレイン先生に特別扱いされているのに嫉妬したんでしょうね」

「ちなみに、ヴァネッサから聞いたのですが」ストレインが言った。「昨年、ルームメートだった際に、ふたりは仲たがいしたそうです」わたしに視線が注がれる。「そうだね？」

わたしはゆっくりとうなずいた。

ジャイルズ校長が両手を掲げた。「ああ、なるほど。一件落着ね」

一枚の紙が差しだされた。ジェニーの父親の意見書だ。「では、目を通したら、こちらに署名をお願いします」手渡された二枚目の紙には一文だけが印字されていた。〝以下の両名は、二〇〇一年五月二日にパトリック・マーフィーによって提出された意見書の内容が事実無根であると宣誓する〟。下端にはわたしとストレインの二名分の署名スペースが設けられている。意見書の文言に目を走らせてもまるで頭に入らなかった。宣誓書に署名してストレインに渡すと、彼も同じようにした。一件落着。

ジャイルズ校長がにっこりした。「これで大丈夫。こういったことは速やかに解決しておかなくてはね」

安堵で震え、吐きそうになりながら、わたしは腰を上げてドアのほうへ向かおうとした。ところがジャイルズ校長に呼びとめられた。「ヴァネッサ、この件はご両親にお伝えする必要があります。だから、今夜あなたもおふたりに電話するようにね、いい？」

苦い汁が喉もとに迫りあがった。そのことはまったく頭になかった。もちろん連絡が行くに決まっている。校長は実家に電話して留守電にメッセージを残すだろうか、それともどちらかの職場にかけるだろうか。父が勤める病院か、母のいる保険会社の事務所に。

退室するとき、ジャイルズ校長がストレインに言うのが聞こえた。「なにか対応してもらう必要があれば連絡しますが、おそらくはこれで十分でしょう」

その夜、実家に電話したとき、わたしは言い訳と決まり文句をまくしたてた。なにもかも順調だってば、なにも起きてない、とにかく話にならないの、ただのばかげた噂だから、もちろん本当じゃないって。両親は別々の受話器で話していて、ふたりの声が同時に聞こえてきた。

「とにかく、先生たちと親しくするのはやめなさい」母が言った。

先生たち？　ひとりだけじゃなく？　そのとき、父の誕生日で帰省したときについた嘘を思いだした。わたしの髪がカエデ色だと言ったのは政治学の先生だと伝えてあった。

父が訊いた。「そっちへ迎えに行こうか」

「なにが起きているのか、はっきり知りたいの」母が続ける。

「やめて。平気だから。なにも起きてない。問題ないってば」

「誰かになにかされているなら、ちゃんと教えてね」うん、教える、とわたしが同意するのをふたりが待つ。

「まあね。でも、そんなこと起きてないから。なにも起きてない。どうやって起きるっていうの？　ここの監視の厳しさは知ってるでしょ。ジェニー・マーフィーが話をでっちあげただけ。ジェニーがどんなにひどいことをしたか、覚えてるでしょ」

「でも、なんだってそんなでっちあげを？　お父さんまで巻きこむなんて」

父が言った。「どうにも納得がいかないな」

「ジェニーはストレイン先生のことも嫌ってる。恨みがあるから。自分は選ばれた人間だから、相手がちやほやしてくれないと、破滅させても当然だと思ってるの」

「やはり心配だよ、ヴァネッサ」

「大丈夫。ほら、困ったことが起きたら教えるから」

父とわたしは黙って母の言葉を待った。

「もうじき学年も終わるし、いま帰ってこさせるのも中途半端ね。でもね、ヴァネッサ、その先生には近づかないこと、いい？　話しかけられたら、校長先生に言いなさい」
「でも、担任の先生なんだから、話しかけないわけにはいかない」

「言ってる意味はわかるはずよ。授業には出て、すぐに帰ってくるの」

「先生は悪くないのに」

「ヴァネッサ」父が叱りつけた。「母さんの言うことを聞きなさい」

「毎日、夕方に電話すること。六時半にかかってくるのを待っているから。わかった？」

談話室の奥のテレビにはＭＴＶが音声なしで流れ、ビデオジョッキーのカーソン・デイリーのつんつん頭と黒いマニキュアが映しだされていた。わたしはそれを眺めながら、ぼそっと言った。「イエス、マーム」母がため息をついた。わたしにそう呼びかけられるのが大嫌いなのだ。

ストレインは、しばらくのあいだ人目を引かないように自重しようと言った。放課後の教員室で長時間過ごすのもおあずけになった。「これだって危険なんだ」わたしが昼食を抜いて、ドアを全開にした教室で昼休みを過ごしていることを指してそう言った。離れているのは身を切られるようにつらいが、少なくともいまは用心が必要だという。

それでも、じきに暗雲は消えるはずだと彼は断言した。悪天候かなにかの話のように、〝暗雲が消える〟というフレーズを何度も口にした。夏さえ来れば、ステーションワゴンのウィンドウを全開にして潮風を浴びながらドライブできる。秋にはすっかり忘れ去られているはずだ、請けあってもいいと言った。本当にそうだろうか。なにごともなく二日が過ぎたものの、わたしに気づくたびにジェニーはきつくにらみつけてきた。他クラスに移ったので、ジェニーはあきらめたのだろうとストレインは思っていたが、怒りが消えていないのがわたしにはわかった。

掲示板に十二年生の進学先が張りだされた。夕食時、サンドイッチコーナーに並んでいると、ジェニーとハナが食堂内を隅から隅まで歩きまわっているのが見えた。各テーブルに近づくたびにハナがそこにいる生徒たちに話しかけて返事を聞き、ジェニーが手にしたノートにペンでなにか書きこんでいた。たくさんの目がこちらに向けられ、わたしに気づかれまいとするように、すっとそらされた。

列を離れて食堂を出ていこうとしたとき、ハナが訊くのが聞こえた。「ヴァネッサ・ワイとストレイン先生が付きあってるって噂を聞いた人はいます？」

そのテーブルにいるのは十二年生たちだった。「ヴァネッサ・ワイって？」ブランドン・マクリーンが訊き返した。掲示板のダートマス大学の欄に名前があったはずだ。隣の女子生徒——アレクシス・カートライト、ウィリアムズ大学——がわたしを指差した。「あの子じゃない？」

テーブルにいる全員が振りむいた。ジェニーとハナも。ジェニーがノートを胸に押しつけて隠すまえに、そこに名前のリストが書かれているのが見えた。

二十六名。それだけの名前がジェニーのリストに挙げられていた。わたしは校長室でジャイルズ校長と向きあってすわっていた。今回はふたりきりで、秘書もストレインもいない。ジャイルズ校長に手渡されたリストのコピーに目を通すと、そこにある名前は大半が同級生か寮友だった。ストレインのことを話した相手はいない。と、末尾にある名前が目に入った。ジェス・リー。

「なにか話したいことがあれば、いまがそのときですよ」ジャイルズ校長が言った。なにを言わせたいのだろう。校長はまだ噂がでたらめだと信じているのか、それともこのリストのせいで考えが変わって、嘘をついたわたしに怒っているのだろうか。

なにかに怒っているのはたしかだ。

わたしはリストから目を上げた。「どういうことですか」

「包み隠さず話してほしいの」

返事はせずにおいた。どの方向に話を進めるべきか、まだわからない。

「ここに名前のある生徒のひとりから聞いたんですよ、ストレイン先生との交際をあなたがあけすけに話していたと」

〝あけすけ〟というのが性的な意味ではなく、わたしの口からはっきり聞いたということだと気づくのに少しかかった。今度も無言を返した。校長の言葉が事実だとはかぎらない。テレビドラマで刑事が自白を引きだすのに使うはったりのようにも思えた。最善の手は黙秘をつらぬいて弁護士を待つことと決まっている。でも、この場合、弁護士役は誰だろう。ストレイン？　それとも両親？

ジャイルズ校長が深呼吸をひとつして、指先でこめかみに触れた。こんな話をしたくはないのだ。わたしだってしたくはない。忘れてしまいませんかと口に出したくなった。きれいさっぱり忘れてしまいません？　でも、無理なのはわかっている。告発の先頭に立っているのはジェニーで、父親が大物だからだ。ブロウィック校の仕組みをいきなり目の当たりにしたような気がした。ここでは権力と富がものを言い、人には序列がある。うすうす感じてはいたものの、ここまで露骨に思い知らされたことはなかった。

「事実をはっきりさせる必要があるの」

「もうはっきりしてます。そんな話でたらめです。それが事実です」

「たとえば、その生徒をここに連れてきたとしたら、あなたの主張は変わる？」

わたしははっとした。暴かれようとしているのはわたしのはったりだ、校長のではなく。「でたらめです」

「いいでしょう」ジャイルズ校長が立ちあがって、ドアをあけ放ったまま出ていった。秘書が顔を覗かせてわたしに笑いかけた。「頑張って」

ささやかなやさしさを示され、喉もとに塊がこみあげた。この人はわたしを信じてくれているんだろうか。ジャイルズ校長とストレインとの話し合いで、そばにすわって黄色いリーガルパッドにやりとりを逐一書き留めていたとき、なにを思っていたんだろう。

数分後、ジャイルズ校長がジェス・リーを従えて部屋に戻ってきた。隣の椅子にかけたジェスはこちらを見ようとしなかった。顔も首も耳も真っ赤に染まっている。息をするたびに胸を波打たせていた。

「ジェス、先ほど答えてもらったのと同じ質問をしますね。ヴァネッサは、ストレイン先生と交際していると言いましたか」

ジェスは首を振った。「いいえ。違います、そんなことは言ってません」その声は躍起になったようにうわずっていた。嘘だとばれるのもかまわず、必死に真実を隠そうとするときのように。

ジャイルズ校長がまたこめかみを押さえた。「五分前に聞いたことと違うでしょ」

ジェスはひたすら首を振りつづけた。違う、違う、違う。あまりの動揺ぶりに、わたしの胸に同情が押し寄せた。手を伸ばしてジェスの手に重ね、声をかけようかとも思った。大丈夫、ほんとのことを話していいから。でも、黙ってジェスを見つめていただけだった。彼がこんなに苦しんでいるのは、わたしだけのせいなのだろうか。わたしのほうが失うものが大きいことは問題ではないのだろうか。

「なにを話したの」わたしは静かに訊いた。

ジェスがぱっとこちらを向き、首を振りつづけたまま言った。「こんなことになるなんて知らなかったんだ。ただ訊かれたから――」

「ジェス」ジャイルズ校長が声をかける。「ヴァネッサは、ストレイン先生と付きあっていると言いましたか」

ジェスは校長とわたしの顔を見比べた。その目が床に落とされたとき、次に起きることがわかった。目を閉じると、ジェスがはいと言うのが聞こえた。

わたしがもっと気弱なら、そこで終わったはずだ。わたしは罠にかけられ、主張の矛盾を突かれた。こちらを見下ろすジャイルズ校長の表情から、これで解決だ、わたしが降参するはずだと思っているのは明らかだ。でも、トンネルの出口はまだ完全にふさがってはいない。かすかな光が見えている。そこを掘りつづければいい。

「嘘をついたんです。全部嘘っぱちです。ジェスに話したストレインとの」——そこで言いなおした——「ストレイン先生とのことは本当じゃありません」

「嘘をついた？　なぜそんなことを？」

ジャイルズ校長の目をまっすぐに見ながら、わたしは理由を説明した。退屈で寂しかったこと。先生に憧れていたこと。想像力が旺盛すぎること。話しているうちに調子づき、ひたすら自分の非を認め、先生は悪くないと訴えた。説明としては完璧だ。ジェスに話したことだけでなく、リストに載った残りの二十五人が耳にした噂まで、なにもかも偽りだったことにできる。最初からこう言えばよかったのだ。

「嘘をつくのは悪いことだとわかっています」わたしはジェスを見てからジャイルズ校長に目を戻した。「そのことはすみません。でも、これが正真正銘の事実なんです。

ほかにはなにもありません」

くらくらするほど爽快だった。顔を覆っていた毛布を引きはがして、新鮮な空気で肺をいっぱいにしたみたいに。わたしは賢くて強い。誰にも想像がつかないほど。

昼食は抜いてストレインの教室へ飛んでいき、ドアをノックした。磨りガラスの奥は照明で明るいのに、応答はない。まだ人目を気にしているのだと自分を納得させたが、アメリカ文学の授業のときに教室に行くと、そこにはストレインではなくノイズ先生がいて、わたしが入っていったとたん、管理部棟に行きなさいと告げた。

「なにかあったんですか」

ノイズ先生は両手を掲げた。「私はただの伝言役なのでね」そう言ったものの、先生の目にはわたしに近づくまいとするような警戒の色が浮かんでいて、なにか知っているのは明らかだった。急ぐべきか、わざとゆっくり行くべきかと迷いながらキャンパスを横切り、管理部棟の正面階段を上までのぼって、校章入りの両開きの扉と列柱を見上げたとき、父のピックアップトラックが正門から入ってきた。手で日差しをさえぎって目を凝らすと、両親が乗っているのが見えた。父がハンドルを握り、助手席の母は片手で口を覆っている。車が駐車場にとまってふたりが降りてきた。

わたしは急いで階段を下りて声をかけた。「なにしに来たの」母がぱっと顔を振りむけ、自分の足もとを指差した。いたずらをしたベイブを呼びもどすときそっくりに。来なさい。ベイブと同じように、わたしも五メートル離れたところで足を止め、そばに行くのを拒否した。

「なんで来たの」もう一度そう訊いた。

「まったく、なんでだと思うの、ヴァネッサ」母が切り返した。

「ジャイルズ校長から電話があった？　来る必要なんてないのに」

父は仕事着のままで、灰色のズボンに、ポケットに〝フィル〟と刺繡の入った青いピンストライプのシャツを着ていた。とたんに恥ずかしさで頭がいっぱいになった。着替えるくらいできなかったの？

父がトラックのドアを閉じてつかつかと近づいてきた。「大丈夫か」

「大丈夫。なにも問題ないって」

手をつかまれる。「なにがあったんだ」

「なにもないってば」

正面から見据えられ、目で促されても、わたしは無表情をつらぬいた。下唇も震わせず。

「フィル、行きましょ」と母が言った。

ふたりについて正面玄関を入り、階段をのぼって、校長室の手前の小部屋に入ると、おなじみの秘書がそこにいた。また笑いかけてもらえるかと思ったのに、目も合わせず手振りで奥へ通された。ジャイルズ校長のほかにストレインもそこにいて、ポケットに手を突っこみ、肩をこわばらせて机の横に立っていた。その胸に飛びこみたい気持ちで心が疼いた。できるならそこに身をうずめて、すっぽり呑みこまれてしまいたかった。

ジャイルズ校長が両親と握手を交わした。ストレインも握手を求め、父はその手を取ったが、母は目にも入らないかのように知らんぷりで腰を下ろした。

「ヴァネッサには席を外してもらったほうがいいでしょうね」ジャイルズ校長がストレインに目を向け、小さくうなずきが返されるのを待って続けた。「待合室で待っていなさい」

校長がドアを手で示したが、わたしはストレインをじっと見ていた。シャワーを浴びたばかりなのか髪が濡れていて、ツイードのブレザーにネクタイを締めている。認めるつもりだ、とわたしは思った。本当のことを話す気なのだ。

「だめ」そう言ったつもりが、ほとんど声にならなかった。

「ヴァネッサ」母が言った。「行きなさい」

話し合いは半時間続いた。内容をわたしに聞かせないためにだろうか、秘書がラジオをつけたのでわかった。「午後二時三十分、コーヒーブレークの時間です」とDJが言った。「ソフトなヒットソングを、三十分間ノンストップでお届けします」秘書の鼻歌を聞きながら、わたしはどの曲もずっと忘れないだろうと思った。ストレインが真実を打ち明け、わたしのために犠牲になってくれたときにかかっていた曲だから。

話がすむと全員が一度に外へ出てきた。ジャイルズ校長と両親は待合室で足を止めた。ストレインはそのまま歩み去った。わたしをちらりとも見ずに。母は鼻の穴を広げて目を見開き、父は口を真一文字に結んで、飼っていた老犬が夜のあいだに死んだことを告げたときと同じ表情をしていた。

「来なさい」父が言って、わたしの手を取った。

外のベンチに腰かけたあと、母はきつく腕組みをして地面を見下ろすだけで、話はもっぱら父がした。その内容が思いもよらないものだったせいで、われに返ってまともに聞けるようになるまでしばらくかかった。父はなにもかも聞いたよ、おまえは悪くないとは言わなかった。ブロウィック校には生徒が従うべき倫理規範があり、嘘をついて教師の信用を傷つけたことで、わたしはその規範に抵触したのだという。

「ここではそういったことをかなり重大に受けとめるそうだ」

「なら、あの人は……」わたしは両親の顔を見比べた。「言わなかったの……」

母がぱっと顔を上げた。「なんのこと？」

わたしはごくりと唾を飲み、首を振った。「なんでもない」

両親の説明は続いた。わたしは学年末を待たずに家に帰ることになった。どのみち残りは二週間だからだ。ふたりは町なかの宿に一泊して、明日の朝、わたしは父が言うところの〝過ちを正す〟ことになるという。ジャイルズ校長は、ジェニー・マーフィーのリストに名前のある生徒全員に向けて、ストレイン先生についての噂は嘘で、その嘘を広めたのは自分だと説明することをわたしに求めていた。

「それって、ひとりひとりに言ってまわるってこと？」

父が首を振った。「一度ですむように、全員を集めてその前で話すことになるらしい」

「そんなことしなくていい」母が口をはさんだ。「部屋を引きはらって今夜発てばいい」

「ジャイルズ校長がしろと言うなら、しないと」わたしは言った。「校長の言うことなら」

母はさらになにか言いたそうにしながらも、口を引き結んだ。

「でも、来年は戻ってこられるんでしょ？」

「それはおいおい考えよう」父が言った。

夕食は両親に連れられて町なかのピザ屋に行った。三人で分けても一枚を食べきることができなかった。誰もが皿のピザをつつくばかりで、母は紙ナプキンを何枚も使って油を吸いとっていた。ふたりともわたしを見ようとしなかった。

学校まで送ると言われたけれど、歩きたいからと断った。気持ちのいい晩だし、日が落ちても暖かいから、と。

「数分だけ気持ちを落ち着けてから学校に戻りたい」

却下されるかと思いきや、ふたりとも放心状態で言いあらそう気力もないのか、好きにさせてくれた。レストランの外でハグを交わしたとき、父が耳もとで「愛してるよ、ヴァネッサ」と囁いた。ふたりは宿を目指して通りを左へ、わたしは学校のある右へと歩きだした。公共図書館とストレインの家があるほうへ。

「無茶なのはわかってる」ドアがあくとわたしは言った。「でも、会って話したくて」

ストレインはわたしの頭ごしに車道と歩道に目をやった。「ヴァネッサ、来ちゃだめじゃないか」

「なかに入れて。五分だけ」

「帰りなさい」

いらだちのあまり、わたしは叫び声とともに全身の力をこめて両手で彼を押した。よろけさせることはできなかったものの、あわてたストレインはドアを閉じ、通りから見えない家の横手へわたしを案内した。人目がなくなったとたん、わたしは彼に抱きついて思いきり身を押しつけた。

「明日、家に帰らされるんだって」

ストレインは一歩しりぞき、無言のままわたしの腕をほどいた。その顔になにかが浮かぶのをわたしは待った。怒りか、パニックか、こんな事態を招いたことへの後悔か。でも、なにひとつ読みとれなかった。ポケットに両手を突っこんでわたしの肩ごしに家を見上げただけだった。知らない人を前にしているみたいに思えた。

「大勢の前で説明しろって言われてる。嘘をついたって言えって」

「知ってる」ストレインはしかめっ面で、まだ目を合わせようとしない。

「でも、そんなの無理かもしれない」それを聞いて彼の目がさっとわたしに下ろされた。小さな勝利だ。だから、もうひと押しした。「本当のことを言ったほうがいいのかも」

彼は咳払いをしただけで、たじろがなかった。「聞いたところでは、すでにそれに近いことをしたらしいね。お母さんに私のことを話したそうじゃないか。恋人だと」少しとまどったあと、思いだした。二月の帰省中、夜中に電話で話しているのを母に聞かれたあとの、帰りの車内でのことだ。ウィンドウの外を雪の野原と葉の落ちた木々が通りすぎていたのを覚えている。彼の名前を母に訊かれて、わたしは本当のことを答えた——ジェイコブ。でもそのひとことだけだし、よくある名前だから、秘密を漏らしたとは言えない。たったひとことで母が真相に気づいたはずはない。ありえない。もしそうなら、ストレインが校長室を立ち去るのを黙って見ているはずはないし、大勢の前でわたしに謝罪させることに同意するはずもない。ただし、それがどんな結果を招くか知っておいてほしい」

「私を破滅させると決めたなら、それは止められない。ただし、それがどんな結果を招くか知っておいてほしい」

本気じゃない、もちろん言うはずがないと答えようとしたけれど、相手の声にさえぎられた。

「きみの名前と写真が新聞に載るはずだ。大ニュースになる」嚙んで含めるような口調だった。「このことはきみにずっとついてまわる。一生消えない烙印を捺(お)されるんだ」

手遅れだと言いたかった。毎日どこを歩いても、彼とのことのせいでじろじろ見られている気分なのに。でも、そんなふうに思うのはフェアじゃないかもしれない。彼は懸命にわたしを救おうとした。自分から離れて大学へ行くと約束させ、わたしの人生には彼よりも大きなものが待っていると言い聞かせた。わたしがより多くのものを手に入れ、狭い道ではなく前途洋々の未来を選ぶことを望んでいた。でもそのためには、彼とのことは秘密でなければならない。真実が明るみに出れば、ほかにわたしがなにをしようと、彼の存在がわたしの全人生を決定づけてしまう。いつか夢で見たような、あいまいな記憶が甦った。わたしとトンプスン先生を掛けあわせたような若い娘が――それとも、モニカ・ルインスキーのニュース映像の記憶かもしれない――屈辱的な質問を矢継ぎ早に浴びせられ（彼になにをされたか詳しく話してください）、頰を涙で濡らしながらも毅然と顔を上げようとしている姿が。真実を告げるという選択の先にあるものはたやすく想像がつく。残骸ばかりが長い列をなした人生だ。

「私ならそんな目に遭うよりは死を選ぶね」ストレインが両手をズボンのポケットに突っこんだまま、わたしを見下ろした。破滅を目の前にしているにしては平然として見える。「だが、きみは私より強いんだろう」

それを聞いてわたしは泣きだした。それまで彼には見せたことのない、本格的な泣き方だった。しゃくりあげ、みっともなく醜い顔をして、洟まで垂らした。いきなり押し寄せた涙にわたしは圧倒された。家の壁にもたれ、両手を膝について身を支えて息を整えようとした。むせび泣きが止まらない。両腕でお腹を抱くようにして地面にしゃがみ、杉材の壁板に後頭部をぶつけて泣き声を止めようとした。ストレインが目の前にかがみこみ、両手をわたしの頭の後ろにまわして壁にあたるのを防いだ。しばらくしてわたしは抵抗をやめ、目をあけた。

「そう、それでいい」ストレインの呼吸に合わせてわたしも胸を上下させた。彼の両手はまだわたしの頭を包んでいて、顔がキスできるほど近くにある。乾いた涙で頬がつっぱるのを感じながら、耳の後ろのやわらかい窪みを親指で撫でられた。してくれたことに感謝しているよと彼が言った。自分を犠牲にして責めを負うなんて、とても勇敢なことだ。愛のあかしだ。きみのように愛してくれた人はいなかっただろう。

「ばらしたりしない。そんなことしたくない。絶対に」

「わかってる。きみはそんなことはしない」

翌日の集まりで言うべきことをふたりで考えた。噂を流したのが自分だと認め、嘘をついたことを謝罪し、ストレインには非がないと訴える内容の。きみにこんなことを押しつけるのは間違っている、でも、私への疑いを晴らすことが、この状況から無事に抜けだすための唯一の方法なんだと彼は言った。そして、教室の机の陰で身を寄せあい、初めてキスしたときと同じように、わたしの額とこめかみに口づけした。

別れぎわに振りむくと、ストレインは薄暗い芝生の上に立っていて、居間の明かりがその輪郭を浮かびあがらせていた。彼からあふれだした感謝がわたしのなかに流れこみ、愛で満たした。これが献身ということ、善い行いなのだ。彼を救う力を持つのはわたしだけなのに、なぜ自分を無力だなどと思ったんだろう。

翌朝、ジェニーのリストに載った二十六人がシェルドン先生の教室に集められた。机の数が足りず、何人かは後ろの壁にもたれていた。誰がどこにいるかはわからなかった。海に浮かんだブイのようにひょこひょこと動く顔が見えるだけだった。わたしは教室の前でジャイルズ校長の隣に立たされ、前夜にストレインと考えた謝罪文を読みあげた。

「ストレイン先生とわたしについてみなさんが耳にした不適切な噂は、すべて事実ではありません。わたしが嘘を広めただけで、先生はなにもしていません。でたらめを言ってすみませんでした」

誰もが納得のいかない顔でわたしを見つめた。

「ヴァネッサに質問がある人は？」ジャイルズ校長が訊いた。ひとりが手を挙げた。ディアナ・パーキンズだ。

「こんな嘘をつく意味がわからない。筋が通らないっていうか」

「ええっと」わたしはジャイルズ校長を見たが、無言で見つめ返されただけだった。全員がわたしを見つめている。「質問になってないけど」

ディアナがあきれたように目を剝いた。「だから、なんで嘘をついたの？」

「わからない」

なぜストレインの教員室に入りびたっているのかと誰かが訊いた。「教員室に入ったことはありません」あまりにあからさまな嘘に、二、三人から笑い声があがった。わたしにはなにか〝精神的な問題とか〟があるのかと別の誰かから訊かれたときには、「わからないけど、たぶん」と答えた。質問を受けながら、わたしははっきり悟った。ここへはもう戻れない、こんなことのあとでは。

「さて」ジャイルズ校長が言った。「もう十分でしょう」

全員に三つの質問が書かれた紙が配られた。一、誰からこの噂を聞きましたか。二、聞いたのはいつですか。三、保護者にこのことを話しましたか。わたしが教室を出るとき、二十六人は揃って顔を伏せ、調査票に記入していた。ジェニー以外は。ジェニーは腕組みをしたまま机を見下ろしていた。

グールド寮に戻ると両親が部屋を片づけていた。ベッドはシーツが剝がされ、クロゼットも空っぽ。母がわたしの持ち物をいっしょくたにポリ袋に突っこんでいた。ゴミも、紙も、床に落ちたものを片っ端から。

「どんな様子だった」と父が訊いた。

「なにが？」

「なにって、その……」どう呼ぶべきか迷うように言葉が途切れた。「集まりのことさ」

わたしは答えなかった。どんな様子だったのか、なにが起きたのかさえ理解できずにいた。母を見てわたしは言った。「大事なものまで捨てちゃってる」

「ゴミでしょ」

「違う、授業で使ったものも交じってる、必要なものまで」

母が身を起こして後ろへ下がったので、わたしはポリ袋をあさった。ストレインのコメント入りの作文と、授業で配られたエミリー・ディキンソンについてのプリントが見つかった。なにをとっておこうとしたか知られるのがいやで、それを胸に押しつけた。

父が服を詰めこんだ大きなスーツケースのファスナーを閉じた。「ぼちぼち下へ運ぶよ」そう言って廊下へ出ていった。

「もう出るの？」わたしは母に向きなおった。

「ほらほら、ここを片づけるのを手伝って」母が机の最下段の抽斗をあけて息を呑んだ。ゴミで満杯だからだ――紙屑、食べ物の包み紙、使用ずみのティッシュ、黒ずんだバナナの皮。数週間前の居室点検の直前に大あわてでそこに突っこんだきり、捨てるのを忘れていた。「ヴァネッサ、なんなのこれは！」

「がみがみ言うなら、自分でやる」わたしはポリ袋を引ったくった。

「なぜちゃんと捨てないの。だって、ああもう、ヴァネッサ、全部いらないものでしょ。ゴミなのよ。抽斗にゴミを溜めこむなんて、どういうこと？」

わたしは呼吸に集中しようとつとめながら抽斗の中身をポリ袋に空けた。

「こんなの不衛生だし、まともじゃない。ときどき、ぎょっとするようなことをやらかすんだから。わかってる？　こんなことをするなんて理解できない」

「ほら」わたしは抽斗を机に戻した。「きれいになった」

「消毒しないと」

「母さん、平気だって」

母は室内を見まわした。相変わらずめちゃくちゃだが、わたしが散らかしたものと、荷造りのごたごたとの区別はすでにつかない。

「もう行かなきゃならないなら、ちょっと用事をすませてこないと」

「行くってどこへ」

「十分だけだから」

母は首を振った。「どこにも行かせない。ここにいて掃除を手伝いなさい」

「挨拶してこないと」

「誰に挨拶するっていうの、ヴァネッサ。友達なんていないんでしょ」

目を潤ませるわたしを見ても、母は同情の色を浮かべなかった。待っているような目をしていた。この一週間、誰もが同じ目でわたしを見ていた。わたしが降参するのを待っているような目で。母は雑然とした室内に向きなおり、ドレッサーの最上段の抽斗をあけると衣類を引っぱりだした。はずみでなにかがこぼれ落ち、床をすべってわたしたちのあいだで止まった。ストレインとわたしが漁村の桟橋で撮ったポラロイド写真だ。少しのあいだ、ふたりとも同じくらい呆然としてそれを見下ろしていた。

「なんなの……」母がしゃがみこんで手を伸ばした。「これは――」

わたしはさっとかがんで写真をつかみ、表を胸に押しつけた。「なんでもない」

「なんなの、それは」母が訊いて、今度はわたしに手を伸ばした。わたしは身を引いた。

「なんでもないってば」

「ヴァネッサ、それを渡しなさい」わたしが小さな子供みたいに従いでもするかのように、母は手をさらに突きだした。なんでもない、とわたしはもう一度言った。なんでもないんだってば、もういいでしょ？ 繰り返せば繰り返すほど声にパニックが混じり、ついには母を後ずさりさせるほどの絶叫に変わった。かん高い叫びの残響が、半分空になった室内にこだました。

「いまの、あの人でしょ。あなたとあの人が写ってた」

絶叫のあとの衝撃に震えながら、床を見つめてわたしは小さく答えた。「違う」

「ヴァネッサ、この目で見たのよ」

わたしは写真を持つ指に力をこめた。ストレインがいまこの部屋にいたら、どうやって母をなだめるだろう。なんでもありませんよと香油のように心を落ち着かせる声で言うにちがいない。見たと思ったのは気のせいですよ、と。彼ならどんなことでも母に信じさせられるだろう。わたしにするのと同じように。きっと母をデスクチェアにすわらせ、紅茶を勧める。写真はさりげなくポケットにすべりこませるので、母は気づきもしない。

「なぜあの人をかばうの」母が訊いた。息を荒らげ、探るような目で見ている。怒って訊いているのではなく、心底理解できないのだ。わたしにもこの事態にも、当惑しきっているのだ。「ひどいことをされたのに」

わたしは首を振って、事実を告げた。「されてない」

そのとき父が顔に汗を浮かべて戻ってきた。本がぎっしり詰まったダッフルバッグを肩にかけ、ほかに運ぶものはないかと見まわしたとき、ようやくわたしが写真を胸に押しつけたまま母とにらみあっているのに気づいた。父が母に訊いた。「なにかあったのか」

一拍のあいだ、完全な静寂が訪れた。午前中なので寮にはわたしたち三人しかいない。母はわたしから目をそらした。「なんでもない」

三人で残りの荷物も詰めた。四往復してようやくすべてを運びだせた。ピックアップトラックに乗りこむ直前、逃げだしたい衝動で足が疼いた。キャンパスを突っ切り、丘を下って町へ入り、ストレインの家へと駆けていきたかった。勝手になかへ入り、ベッドにもぐりこんで、上掛けの下に隠れてしまえたら。ふたりで逃げてしまえばよかった。ゆうべ彼の家を出るとき、わたしはそう訴えたのに。「いますぐ車に乗ってどこかへ行っちゃいたい」でも、それはだめだ、うまくはいかないと返された。

「これを乗り越えるには、現実と向きあって、なんとか持ちこたえるしかない」

父が最後のポリ袋をトラックの荷台に積むと、母がわたしの肩に手を置いた。「いまなら言いに行ける。いますぐ戻って――」

父がドアをあけて運転席に乗りこんだ。「行こうか」

わたしが肩の手を振りはらって座席に乗りこむのを、母はじっと見ていた。

家に着くまでずっと、わたしは後部のベンチシートに寝そべり、銀色をした木々の葉の裏や、送電線や、州間高速道路の標識を見上げていた。荷台ではわたしの持ち物一式を覆う防水シートが風にはためいていた。前を見据えたままの両親から、味を感じられそうなほど生々しい怒りと悲しみが伝わってきた。口をあけて一気に呑みくだすと、それはお腹の底で非難に変わった。

（下巻に続く）

本書は河出文庫訳し下ろしです。

ダーク・ヴァネッサ　上

二〇二二年　五 月一〇日　初版印刷
二〇二二年　五 月二〇日　初版発行

著　者　K・E・ラッセル
訳　者　中谷友紀子（なかたにゆきこ）
発行者　小野寺優
発行所　株式会社河出書房新社
〒一五一－〇〇五一
東京都渋谷区千駄ヶ谷二－三二－二
電話〇三－三四〇四－八六一一（編集）
〇三－三四〇四－一二〇一（営業）
https://www.kawade.co.jp/

ロゴ・表紙デザイン　粟津潔
本文フォーマット　佐々木暁
印刷・製本　中央精版印刷株式会社

Printed in Japan　ISBN978-4-309-46751-1

O嬢の物語

ポーリーヌ・レアージュ　澁澤龍彥〔訳〕　46105-2

女主人公の魂の告白を通して、自己の肉体の遍歴を回想したこの物語は、人間性の奥底にひそむ非合理な衝動をえぐりだした真に恐れるべき恋愛小説の傑作として多くの批評家に激賞された。ドゥー・マゴ賞受賞！

眼球譚［初稿］

オーシュ卿（G・バタイユ）　生田耕作〔訳〕　46227-1

二十世紀最大の思想家・文学者のひとりであるバタイユの衝撃に満ちた処女小説。一九二八年にオーシュ卿という匿名で地下出版された当時の初版で読む危険なエロティシズムの極北。恐るべきバタイユ思想の根底。

悪徳の栄え　上

マルキ・ド・サド　澁澤龍彥〔訳〕　46077-2

美徳を信じたがゆえに身を滅ぼす妹ジュスティーヌと対をなす姉ジュリエットの物語。悪徳を信じ、さまざまな背徳の行為を実践する悪女の遍歴を通じて、悪の哲学を高らかに宣言するサドの長篇幻想奇譚!!

悪徳の栄え　下

マルキ・ド・サド　澁澤龍彥〔訳〕　46078-9

妹ジュスティーヌとともにパンテモンの修道院で育ったジュリエットは、悪の道へと染まってゆく。悪の化身ジュリエットの生涯に託して悪徳と性の幻想がくり広げられる暗黒の思想家サドの傑作長篇小説！

毛皮を着たヴィーナス

L・ザッヘル＝マゾッホ　種村季弘〔訳〕　46244-8

サディズムと並び称されるマゾヒズムの語源を生みだしたザッヘル＝マゾッホの代表作。東欧カルパチアとフィレンツェを舞台に、毛皮の似合う美しい貴婦人と青年の苦悩の快楽を幻想的に描いた傑作長篇。

ソドム百二十日

マルキ・ド・サド　澁澤龍彥〔訳〕　46081-9

ルイ十四世治下、殺人と汚職によって莫大な私財を築きあげた男たち四人が、人里離れた城館で、百二十日間におよぶ大乱行、大饗宴をもよおした。そこで繰り広げられた数々の行為の物語「ソドム百二十日」他二篇収録。

ボヴァリー夫人

ギュスターヴ・フローベール　山田𣝣〔訳〕　46321-6

田舎町の医師と結婚した美しき女性エンマ。平凡な生活に失望し、美しい恋を夢見て愛人をつくった彼女が、やがて破産して死を選ぶまでを描く。世界文学に燦然と輝く不滅の名作。

愛人 ラマン

マルグリット・デュラス　清水徹〔訳〕　46092-5

十八歳でわたしは年老いた！　仏領インドシナを舞台に、十五歳のときの、金持ちの中国人青年との最初の性愛経験を語った自伝的作品として、センセーションを捲き起こした、世界的ベストセラー。映画化原作。

高慢と偏見

ジェイン・オースティン　阿部知二〔訳〕　46264-6

中流家庭に育ったエリザベスは、資産家ダーシーを高慢だとみなすが、それは彼女の偏見に過ぎないのか？　英文学屈指の作家オースティンが機知とユーモアを込めて描く、幸せな結婚を手に入れる方法。永遠の傑作。

いいなづけ　上

A・マンゾーニ　平川祐弘〔訳〕　46267-7

レンツォはルチーアと結婚式を挙げようとするが司祭が立会を拒む。ルチーアに横恋慕した領主に挙げれば命はないとおどされたのだ。二人は村を脱出。逃避行の末——読売文学賞・日本翻訳出版文化賞受賞作。

いいなづけ　中

A・マンゾーニ　平川祐弘〔訳〕　46270-7

いいなづけのルチーアと離ればなれになったレンツォは、警察に追われる身に。一方ルチーアにも更に過酷な試練が。卓抜な描写力と絶妙な語り口で、時代の風俗、社会、人間を生き生きと蘇らせる大河ロマン。

いいなづけ　下

A・マンゾーニ　平川祐弘〔訳〕　46271-4

伊文学の最高峰、完結篇。飢饉やドイツ人傭兵隊の侵入、ペストの蔓延などで荒廃を極めるミラーノ領内。物語はあらゆる邪悪のはびこる市中の混乱をまざまざと描きながら、感動的なラストへと突き進む。

新生

ダンテ　平川祐弘〔訳〕　46411-4

『神曲』でダンテを天国へと導く永遠の女性・ベアトリーチェとの出会いから死別までをみずみずしく描いた、文学史上に輝く名著。ダンテ、若き日の心の自伝。『神曲』の名訳者による口語訳決定版。

キャロル

パトリシア・ハイスミス　柿沼瑛子〔訳〕　46416-9

クリスマス、デパートのおもちゃ売り場の店員テレーズは、人妻キャロルと出会い、運命が変わる……サスペンスの女王ハイスミスがおくる、二人の女性の恋の物語。映画化原作ベストセラー。

太陽がいっぱい

パトリシア・ハイスミス　佐宗鈴夫〔訳〕　46427-5

息子ディッキーを米国に呼び戻してほしいという富豪の頼みを受け、トム・リプリーはイタリアに旅立つ。ディッキーに羨望と友情を抱くトムの心に、やがて殺意が生まれる……ハイスミスの代表作。

贋作

パトリシア・ハイスミス　上田公子〔訳〕　46428-2

トム・リプリーは天才画家の贋物事業に手を染めていたが、その秘密が発覚しかける。トムは画家に変装して事態を乗り越えようとするが……名作『太陽がいっぱい』に続くリプリー・シリーズ第二弾。

アメリカの友人

パトリシア・ハイスミス　佐宗鈴夫〔訳〕　46433-6

簡単な殺しを引き受けてくれる人物を紹介してほしい。こう頼まれたトム・リプリーは、ある男の存在を思いつく。この男に死期が近いと信じこませたら……いまリプリーのゲームが始まる。名作の改訳新版。

見知らぬ乗客

パトリシア・ハイスミス　白石朗〔訳〕　46453-4

妻との離婚を渇望するガイは、父親を憎む青年ブルーノに列車の中で出会い、提案される。ぼくはあなたの奥さんを殺し、あなたはぼくの親父を殺すのはどうでしょう？……ハイスミスの第一長編、新訳決定版。

オン・ザ・ロード

ジャック・ケルアック　青山南〔訳〕　46334-6

安住に否を突きつけ、自由を夢見て、終わらない旅に向かう若者たち。ビート・ジェネレーションの誕生を告げ、その後のあらゆる文化に決定的な影響を与えつづけた不滅の青春の書が半世紀ぶりの新訳で甦る。

裸のランチ

ウィリアム・バロウズ　鮎川信夫〔訳〕　46231-8

クローネンバーグが映画化したW・バロウズの代表作にして、ケルアックやギンズバーグなどビートニク文学の中でも最高峰作品。麻薬中毒の幻覚や混乱した超現実的イメージが全く前衛的な世界へ誘う。

ジャンキー

ウィリアム・バロウズ　鮎川信夫〔訳〕　46240-0

『裸のランチ』によって驚異的な反響を巻き起こしたバロウズの最初の小説。ジャンキーとは回復不能になった麻薬常用者のことで、著者の自伝的色彩が濃い。肉体と精神の間で生の極限を描いた非合法の世界。

麻薬書簡　再現版

ウィリアム・バロウズ／アレン・ギンズバーグ　山形浩生〔訳〕　46298-1

一九六〇年代ビートニクの代表格バロウズとギンズバーグの往復書簡集で、「ヤーヘ」と呼ばれる麻薬を探しに南米を放浪する二人の謎めいた書簡を纏めた金字塔的作品。オリジナル原稿の校訂、最新の増補改訂版！

詩人と女たち

チャールズ・ブコウスキー　中川五郎〔訳〕　46160-1

現代アメリカ文学のアウトサイダー、ブコウスキー。五十歳になる詩人チナスキーことアル中のギャンブラーに自らを重ね、女たちとの破天荒な生活を、卑語俗語まみれの過激な文体で描く自伝的長篇小説。

くそったれ！　少年時代

チャールズ・ブコウスキー　中川五郎〔訳〕　46191-5

一九三〇年代のロサンジェルス。大恐慌に見舞われ失業者のあふれる下町を舞台に、父親との確執、大人への不信、容貌への劣等感に悩みながら思春期を過ごす多感な少年の成長物語。ブコウスキーの自伝的長篇小説。

死をポケットに入れて

チャールズ・ブコウスキー　中川五郎〔訳〕　ロバート・クラム〔画〕　46218-9

老いて一層パンクにハードに突っ走るＢＵＫの痛快日記。五十年愛用のタイプライターを七十歳にしてMacに替え、文学を、人生を、老いと死を語る。カウンター・カルチャーのヒーロー、Ｒ・クラムのイラスト満載。

西瓜糖の日々

リチャード・ブローティガン　藤本和子〔訳〕　46230-1

コミューン的な場所アイデス〈iDeath〉と〈忘れられた世界〉、そして私たちと同じ言葉を話すことができる虎たち。澄明で静かな西瓜糖世界の人々の平和・愛・暴力・流血を描き、現代社会をあざやかに映した代表作。

エドウィン・マルハウス

スティーヴン・ミルハウザー　岸本佐知子〔訳〕　46430-5

11歳で夭逝した天才作家の評伝を親友が描く。子供部屋、夜の遊園地、アニメ映画など、濃密な子供の世界が展開され、驚きの結末を迎えるダークな物語。伊坂幸太郎氏、西加奈子氏推薦！

どんがらがん

アヴラム・デイヴィッドスン　殊能将之〔編〕　46394-0

才気と博覧強記の異色作家デイヴィッドスンを、才気と博覧強記のミステリ作家殊能将之が編んだ奇跡の一冊。ヒューゴー賞、エドガー賞、世界幻想文学大賞、ＥＱMM短編コンテスト最優秀賞受賞！　全十六篇

はい、チーズ

カート・ヴォネガット　大森望〔訳〕　46472-5

「さよならなんて、ぜったい言えないよ」バーで出会った殺人アドバイザー、夫の新発明を試した妻、見る影もない上司と新人女性社員……やさしくも皮肉で、おかしくも深い、ヴォネガットから14の贈り物。

人みな眠りて

カート・ヴォネガット　大森望〔訳〕　46479-4

ヴォネガット、最後の短編集！　冷蔵庫型の彼女と旅する天才科学者、殺人犯からメッセージを受けた女性事務員、消えた聖人像事件に遭遇した新聞記者……没後に初公開された珠玉の短編十六篇。

舞踏会へ向かう三人の農夫　上

リチャード・パワーズ　柴田元幸〔訳〕　46475-6

それは一枚の写真から時空を超えて、はじまった――物語の愉しみ、思索の緻密さの絡み合い。二十世紀全体を、アメリカ、戦争と死、陰謀と謎を描いた驚異のデビュー作。

舞踏会へ向かう三人の農夫　下

リチャード・パワーズ　柴田元幸〔訳〕　46476-3

文系的知識と理系的知識の融合、知と情の両立。「パワーズはたったひとりで、そして彼にしかできないやり方で、文学と、そして世界と戦った。」解説＝小川哲

ナボコフの文学講義　上

ウラジーミル・ナボコフ　野島秀勝〔訳〕　46381-0

小説の周辺ではなく、そのものについて語ろう。世界文学を代表する作家で、小説読みの達人による講義録。フロベール『ボヴァリー夫人』ほか、オースティン、ディケンズ作品の講義を収録。解説：池澤夏樹

ナボコフの文学講義　下

ウラジーミル・ナボコフ　野島秀勝〔訳〕　46382-7

世界文学を代表する作家にして、小説読みの達人によるスリリングな文学講義録。下巻には、ジョイス『ユリシーズ』カフカ『変身』ほか、スティーヴンソン、プルースト作品の講義を収録。解説：沼野充義

ナボコフのロシア文学講義　上

ウラジーミル・ナボコフ　小笠原豊樹〔訳〕　46387-2

世界文学を代表する巨匠にして、小説読みの達人ナボコフによるロシア文学講義録。上巻は、ドストエフスキー『罪と罰』ほか、ゴーゴリ、ツルゲーネフ作品を取り上げる。解説：若島正。

ナボコフのロシア文学講義　下

ウラジーミル・ナボコフ　小笠原豊樹〔訳〕　46388-9

世界文学を代表する巨匠にして、小説読みの達人ナボコフによるロシア文学講義録。下巻は、トルストイ『アンナ・カレーニン』ほか、チェーホフ、ゴーリキー作品。独自の翻訳論も必読。

テヘランでロリータを読む

アーザル・ナフィーシー　市川恵里〔訳〕　46743-6

全米150万部、日本でも大絶賛のベストセラー、遂に文庫化！テヘランでヴェールの着用を拒否し、大学を追われた著者が行った秘密の読書会。壮絶な彼女たちの人生とそれを支える文学を描く、奇跡の体験。

スウ姉さん

エレナ・ポーター　村岡花子〔訳〕　46395-7

音楽の才がありながら、亡き母に変わって家族の世話を強いられるスウ姉さんが、困難にも負けず、持ち前のユーモアとを共に生きていく。村岡花子訳で読む、世界中の「隠れた尊い女性たち」に捧げる物語。

リンバロストの乙女　上

ジーン・ポーター　村岡花子〔訳〕　46399-5

美しいリンバロストの森の端に住む、少女エレノア。冷徹な母親に阻まれながらも進学を決めたエレノアは、蛾を採取して学費を稼ぐ。翻訳者・村岡花子が「アン」シリーズの次に最も愛していた永遠の名著。

リンバロストの乙女　下

ジーン・ポーター　村岡花子〔訳〕　46400-8

優秀な成績で高等学校を卒業し、美しく成長したエルノラは、ある日、リンバロストの森で出会った青年と恋に落ちる。だが、彼にはすでに許嫁がいた……。村岡花子の名訳復刊。解説＝梨木香歩。

チューリップ・フィーバー

デボラ・モガー　立石光子〔訳〕　46482-4

未曾有のチューリップ・バブルに湧く十七世紀オランダ。豪商の若妻と貧乏な画家は道ならぬ恋に落ち、神をも怖れぬ謀略を思いつく。過熱するチューリップ熱と不倫の炎の行き着く先は——。

べにはこべ

バロネス・オルツィ　村岡花子〔訳〕　46401-5

フランス革命下のパリ。血に飢えた絞首台に送られる貴族を救うべく、イギリスから謎の秘密結社〈べにはこべ〉がやってくる！　絶世の美女を巻き込んだ冒険とミステリーと愛憎劇。古典ロマンの傑作を名訳で。

著訳者名の後の数字はISBNコードです。頭に「978-4-309」を付け、お近くの書店にてご注文下さい。